BIBLIOTHÈQUE

CHOISIE.

Vol. CCCLXXXII.

LE

PAYS DE LA PEUR

PAR

A. DE GONDRECOURT.

III.

PARIS, 1861.

BOURG, CHEZ G. PAETZ, LIBRAIRE-ÉDITEUR.

LE PAYS DE LA PEUR.

LE PAYS DE LA PEUR

PAR

A. DE GONDRECOURT.

III

PARIS, 1861.

NAUMBOURG, CHEZ G. PAETZ, LIBRAIRE-ÉDITEUR.

(Suite.)

Ghrellab ne se gênait pas, lorsqu'il avait affaire à l'ignorance, pour inventer, au mieux de
ses intérêts, des maximes ainsi que des senten-
ces qu'il débitait avec un aplomb magnifique
comme autant de citations des livres saints. Debbah n'eut rien à objecter à la majestueuse autorité du seigneur envoyé de Dieu; il accepta donc
joyeusement la perspective que la prudente et la
prévoyante malice de son maître offrait à sa
courte imagination, et il redoubla de zèle, en
toute occasion, pour mériter mieux encore la faveur du puissant Ghrellab.

Cet exposé fait comprendre l'anxiété du cavalier nègre, lorsqu'il vit Ghrellab fermement décidé à combattre les chrétiens qui approchaient
rapidement et en grand nombre, précédés de la
terreur qu'inspiraient leurs armes. Néanmoins,
Debbah était trop brave, trop sûr de ses coups

pour perdre entièrement confiance. Il rajusta son
haïck, visita l'amorce de ses pistolets, glissa une
deuxième balle dans son fusil, et, flattant de la
main, l'encolure de son cheval dont il baisa les
crins, il attendit, avec le calme du vrai courage,
le retour de son seigneur.

Lorsque Ghrellab eut atteint Sidi-Mansour, qui
marchait en tête du troupeau, il lui dit:

— Debbah est revenu, il est blessé, les Français le suivent.

— Par où viennent-ils? demanda vivement
Mansour.

— Regarde, répondit Ghrellab en montrant
un nuage de poussière jaune que le vent chas-
sait dans la direction de Laghouat.

— Ce sont bien des cavaliers français, dit
Mansour, après avoir embrassé le terrain d'un
coup d'œil exercé ; mais ils sont précédés d'un
goum arabe ou de spahis, car je vois deux sortes de poussière, l'une très élevée, inégale, sou-
levée par des chevaux légers et désunis, l'autre
plus épaisse, plus basse, produite par des chevaux lourds et pelotonnés. Ceux-ci ne nous at-
teindront pas ; grâce à la nuit qui approche, nous
n'aurons à soutenir qu'un insignifiant combat
d'arrière-garde. Réunis une soixantaine de cavaliers, ordonne au kaïd Bel-Kassem d'amuser l'ennemi en tiraillant, tout en poussant vigoureusement la queue du troupeau, et viens m'aider à
entraîner notre butin.

— Je te remercie, s'écria Ghrellab. Je cherche depuis trop long-temps l'occasion de saluer à coups de fusil les pantalons rouges pour la manquer lorsqu'elle se présente, et je donnerais tout ce butin pour une heure du plaisir dont je vais me régaler...

— Imprudent! les occasions que tu cherches ne seront, bientôt, que trop fréquentes. Le jour est mauvais... vois ce corbeau qui croasse à ta gauche...

— Me prends-tu pour un marabout? riposta Ghrellab en allemand et avec un éclat de rire. Bonne chance pour la fuite, moi je vais à la poudre.

— Envoie-moi donc Debbah pour te remplacer ici, cria Mansour à son ami qui avait déjà tourné bride.

— Avec plaisir, répondit fièrement Ghrellab.

Et il disparut, en appelant, de la voix et du geste, ses meilleurs cavaliers.

V

Aux premiers symptômes de l'agitation causée dans les environs de l'oasis de Laghouat, le gou-

verneur-général ([1]) avait fait partir le général
Yusuf de Boghar, poste situé sur le boulevard de
nos possessions dans le Tell, et il lui avait confié
le commandement d'une colonne légère, avec
mission de construire à Djelfa, au cœur de la
puissante tribu des Oulad-Nayl, prête à nous
échapper, une maison de commandement destinée
à raffermir l'autorité chancelante du chef de cette
contrée déjà gagné à notre influence. Après avoir,
par sa seule apparition, refoulé vers le Sud les
partisans du chérif Ben-Abdallah, et rassuré les
populations restées fidèles, le général Yusuf était
entré dans Laghouat, y avait organisé, rapidement,
sous les ordres d'un officier de spahis, une force
publique capable, si elle eût été sincèrement ralliée
aux intérêts français, de maintenir le bon ordre
dans la ville, et il était revenu à Djelfa pour y
achever les travaux commencés.

Le chérif n'avait disparu que pour mieux
étudier nos manœuvres. Comptant, avec raison,
sur le terrible effet de ses retours offensifs,
habile à nouer des intrigues qui lui assuraient de
précieuses défections, il se présenta, brusquement
comme nous l'avons dit, avec des forces considérables, dans le cercle de Laghouat et alla ra-
vager au nord de cette oasis les riches tribus
campées dans le Djebel-Amour.

Le gouverneur général, promptement instruit

([1]) Comte Randon.

de cette invasion qui avait poussé les gens de
Laghouat à une révolte ouverte et menaçait non-
seulement notre autorité morale, mais encore nos
colonies du Tell; le gouverneur, disons-nous, ren-
força les troupes de Djelfa en leur ordonnant de
poursuivre à outrance le chérif. Pour en finir
avec cet agitateur dangereux, il prescrivit, en
outre, un mouvement concentrique à deux fortes
colonnes parties, l'une de Bouçada (province de
Constantine), l'autre de Mascara (province d'Oran).
mouvement qui, combiné avec la pointe poussée
par le général Yusuf, devait envelopper le chérif,
ou, tout au moins, écraser la révolte.

Le souvenir du long siège de Zaatcha était
présent. Il fallait frapper fort et surtout frapper
vite, si on voulait profiter des leçons de l'expérience. Il était temps de montrer à nos agiles
ennemis que nous avions appris à dédaigner les
fatigues, les souffrances, les privations qui, jusqu'alors, avaient toujours été leurs plus sûrs
auxiliaires.

Pour compléter ces dispositions. trois réser-
ves furent massées à Bouçada. à Bohar et en
avant de Mascara, afin que, dans les trois provinces, selon les éventualités de la campagne,
chacune des trois colonnes eût sa base bien
approvisionnée.

Le général Pélissier (¹), parti de Mascara,

(¹) Aujourd'hui maréchal duc de Malakof, et, alors, en
1851, général de division. commandant la province d'Oran.

eut ordre de rallier sous son commandement les troupes sorties de Djelfa, et de prendre la direction supérieure des opérations.

Ce plan général était en pleine exécution, lorsque Si-Mansour, Ghrellab et leurs nobles partisans vinrent chasser au faucon, en avant de Laghouat, au puits de Si-Makhelouf, laissant à cinq lieues en arrière, le gros des forces du chérif, et le chérif lui-même, campés dans le bois de tamarins d'El-Reg.

Le nègre Debbah envoyé à la découverte dans la direction de Djelfa, avait donc rencontré les troupes du général Yusuf. Il les avait observées de près, puisqu'on l'avait poursuivi et blessé; et s'il s'était enfui avec tant de trouble, tant de rapidité, tant de hâte de voir son seigneur Ghrellab hors de danger, c'est que son regard et son intelligence de la guerre l'avaient convaincu qu'il y aurait folie à vouloir résister (¹).

Aussi, lorsque Debbah eut examiné ses armes et resserré le nœud du foulard qui, pour plus de liberté d'action, fixait son haïck à sa taille, il ne détourna plus la vue du nuage poudreux

---

(¹) Dans toutes les occasions qui nous seront offertes de présenter des faits historiques, de citer des noms, des dates et de noter les résultats obtenus soit par les armes, soit par la politique, nous serons scrupuleusement vrai. Le roman historique n'a de portée et ne doit avoir d'intérêt, qu'à la condition d'orner la fable avec la vérité, et non la vérité avec la fable.

derrière lequel galopaient les chrétiens et leurs alliés.

Dans sa disposition d'esprit, dans sa pose et au milieu du paysage où nous nous surprenons à l'étudier, ce beau cavalier, montant un cheval noir comme lui, aurait offert à la peinture de poétiques inspirations. Son visage, habituellement funeste, s'était adouci comme par miracle. Il était devenu pensif et triste. Tout son être semblait abandonné, non pas à la crainte, mais à une calme résignation. Il portait son fusil en travers sur ses genoux, et ne faisait aucun mouvement pour accélérer le pas de son cheval dont les flancs ruisselaient de sueur ensanglantée. Il était vêtu d'une gandoura ou longue chemise en laine sans manches et décolletée comme celles des femmes d'Europe. Par dessus cette chemise, un haïck, ou djerbi, enroulé de la tête aux genoux, formait autour de son corps une blanche draperie d'où sortaient ses bras entièrement nus, un peu longs, un peu secs, comme dans le type nègre, mais nerveux et obéissant à des détentes d'acier.

Le jour tirait à sa fin, le soleil fuyait derrière les fronts boisés du Djebel-Amour, et les sables paraissaient plus jaunes aux reflets obliques de ses rayons. Les montagnes lointaines qui encadraient ce vaste tableau se couvraient d'ombres à l'orient, prenaient au nord une teinte rosée et semblaient, toutes, aux clartés amollies du crépuscule, s'être grandies sur leurs formidables assises pour assister à la lutte des hommes, pygmées qui ont asservi l'univers.

Ghrellab arriva, suivi de plus de cinquante cavaliers, à la queue du troupeau qui filait grand train. Ne trouvant pas Debbah parmi les hommes spécialement chargés de pousser les bestiaux, il le chercha dans la plaine, et le vit dans la pose que nous avons décrite, marchant paisiblement au pas, sur les traces du troupeau, mais déjà très distancé.

— Hé! Sidi, cria l'un des cavaliers, voilà les Roumis, là... tout près, à ta droite.

Ghrellab regarda dans la direction indiquée, et vit quelques spahis, à burnous rouges, qui galopaient à fond de train, soit pour le couper, soit pour se jeter à corps perdu dans la plus grande masse du troupeau. Puis il aperçut d'autres spahis filant sur la gauche et opérant la même manœuvre. Enfin, Debbah leva tout à coup son fusil, se dressa droit sur ses étriers, épaula son arme, ajusta longuement et fit feu en arrière.

— Quand le mekatib se donne la peine de tirer ainsi, dit Ghrellab, il y a un homme de moins parmi les vivants. Allez à droite, vous; et vous, allez à gauche; combattez tous à demi-portée, seulement pour secourir le troupeau. Restez avec moi, vous autres. C'est ici que sera la fête.

Debbah revenait au petit galop, tout en achevant de recharger son fusil.

— Eh bien! lui demanda Ghrellab, que t'est-il arrivé!

— J'en ai renversé un...

— Un spahis?

— Non, un cavalier bleu (1).

— Ils sont donc là?

— Derrière les dunes, oui; mais ils ne sont pas nombreux. Ce sont, je crois, les chefs qui commandent aux spahis et aux Arabes.

— Enfin! je vais donc les voir.

— Oui, tu les verras; mais, puisqu'il en est temps encore, Sidi, ne reste pas ici, retourne à la tête du troupeau, et, s'il le faut, abandonne le butin pour gagner au large. Les chrétiens ne sont pas nombreux dans ce moment; mais ils arrivent de partout, à pied comme à cheval...

— Assez, interrompit Ghrellab avec autorité, reçois mes ordres et garde tes conseils pour meilleure occasion. Mon ami Mansour t'appelle là-bas où tu lui seras nécessaire: va le rejoindre.

— C'est la première fois, depuis six ans, que tu auras combattu sans moi, Sidi; j'espère que, pour cela, il ne t'arrivera pas malheur, répondit Debbah.

Et, jetant son fusil sur son épaule droite, il s'éloigna rapidement. Ghrellab se porta en avant à la tête, d'une trentaine de cavaliers qui s'éparpillèrent avec cette entente parfaite que tous les

(1) Les chasseurs d'Afrique à vestes bleues.

Arabes ont de la guerre de tirailleurs. Arrivés au point où Debbah avait abattu un chasseur d'Afrique, ils virent une dizaine de cavaliers bleus qui, emportés par trop d'ardeur, se trouvaient très éloignés du corps principal et attendaient un appui pour continuer leur course aventureuse. Ghrellab se rendit compte de la position critique de l'ennemi, et, donnant le signal de l'attaque, il se jeta, le fusil haut, à la rencontre de cette troupe avec autant d'entrain qu'il en aurait mis à fondre sur une bande d'outardes.

Les jeunes écuyers Mohammed et Kaddour s'étaient débarrassés de leurs faucons, et se tenaient aux côtés de leur seigneur, jaloux de lui montrer qu'ils avaient autant d'audace à l'heure de la poudre, qu'au moment de lancer leurs oiseaux victorieux.

Le troupeau, entraîné par Mansour, fuyait avec une rapidité doublée par l'imminence du péril, tandis que, sur les deux flancs les coups de fusil échangés entre les spahis et les cavaliers nobles, roulaient dans les vaporeux lointains de la plaine couverte, sur le parcours d'une lieue, d'un nuage compacte d'épaisse poussière. Les chameaux, les bœufs, les chèvres et les moutons jetaient des beuglements et des cris plaintifs dont le tumulte était percé çà et là par les appels aigus des combattants et les détonations des armes à feu.

Nos casaques bleues, surprises par un mouvement offensif lorsqu'elles ne s'attendaient qu'à une chicane d'arrière-garde, firent face à l'ennemi avec l'aplomb des vieilles troupes. Puis, ayant compté les assaillants, elles n'hésitèrent pas à jeter le fusil en bandoulière pour mettre le sabre à la main, mouvement que les Arabes les plus braves ne voient jamais sans inquiétude, car, dédaigneux de la fusillade, ils n'ont aucune habitude des combats à l'arme blanche.

Ghrellab s'aperçut de l'hésitation des siens, auxquels il cria :

— Par Sidi-Bou-Bekker, le bien-aimé khalifa du Prophète, protecteur de cette contrée, les sabres des chrétiens sont maudits et n'ont ni pointe ni tranchant..... O djouades (nobles)! voyez comme on affronte ces adorateurs du bois (¹).

Et, enlevant son cheval, il se précipita sur un chasseur qui gagnait de vitesse ses camarades, le heurta violemment d'un coup de poitrail et le fit rouler pêle-mêle avec sa monture sur le sable. Les Djouades, stimulés par ce trait d'audace, poussèrent de grands cris et se ruèrent sur nos cavaliers. La mêlée fut chaude, les Français se pelotonnèrent croupe à croupe pour faire face de toute part. Trop près les uns des autres pour décharger leurs longs fusils, sans péril pour eux-mêmes, les Djouades se servaient de la crosse,

(¹) Expression méprisante par laquelle les Arabes désignent les chrétiens adorateurs de la croix.

et, habiles à ce genre de combat, ils portaient des coups formidables que nos chasseurs avaient peine à parer. Si brillante que fût la résistance, l'attaque était trop vive, les assaillans trop nombreux pour que la lutte pût continuer long-temps encore. Déjà cinq cavaliers bleus étaient étendus sans vie pour dix Arabes, il est vrai, parmi lesquels Kaddour et Mohammed. Ghrellab voulait faire des prisonniers; mais les chasseurs n'étaient pas gens à se rendre. Le jour baissait rapidement, les combattants étaient épuisés de lassitude de part et d'autre, lorsqu'un évènement imprévu vint ranimer leurs forces: une bonne moitié du troupeau, entraîné par Mansour, avait été coupée, malgré la diversion de ses défenseurs, par les spahis de notre extrême avant-garde. Les spahis, après avoir jeté le désordre dans cette immense cohue, s'estimaient heureux de leur butin, et, abandonnant la partie, ramenaient leur prise vers la colonne française. Une bande de bœufs et de chameaux, poussés par nos cavaliers indigènes, passa sur le terrain où les chasseurs d'Afrique vendaient chèrement leur vie; et dans l'impétuosité de leur course, ils séparèrent les combattants. Les Djouades, apercevant les burnous rouges mêlés en grand nombre à tous ces animaux effarés, comprirent que, s'ils ne profitaient pas du tumulte pour battre en retraite, ils seraient bientôt enveloppés par des forces supérieures; et sourds, cette fois, aux ordres, aux cris, aux injures de Ghrellab, ils tournèrent bride sans répondre aux coups de fusil dont les spahis les saluaient au passage.

Ghrellab se décida, tardivement et la rage dans le cœur, à quitter le combat. Mais il ne prit pas, tout d'abord, la fuite. Il se retira lentement, froidement, s'arrêtant, se retournant et faisant feu lorsque quelque imprudent le serrait de trop près. Il était resté, seul de tous les siens, et cheminait à travers les bouquets d'alfa, assez heureux pour n'avoir pas été blessé dans cette rude escarmouche, où son courage avait étonné ses plus vaillans adversaires.

— Il va faire nuit bientôt, se disait-il, et, par Ajax, ces Français insolents ne pourront pas se vanter de m'avoir vu fuir comme un Numide. Un coup de feu parti d'une broussaille répondit à ce propos digne du héros grec que Ghrellab, amant de l'antiquité, évoquait dans la colère.

— Hé! ajouta-t-il en apercevant deux cavaliers vêtus d'un uniforme de fantaisie qui n'était ni celui des spahis, ni celui des chasseurs d'Afrique :

— Mon cheval est touché!... Malgré mon désir d'apprendre à ces gens-là comment on vise pour ne pas perdre sa poudre, il faut leur céder le terrain. Allons, Sidi-Mouraweh (¹), ajouta-t-il,

_____

(¹) Nom de l'un des chevaux du prophète. Mouraweh, *vent impétueux.*

III   2

s'adressant à sa monture, fais voir si tu sais, non pas courir, mais voler sur le sable.

Mouraweh, enlevé par deux coups de chabirs qui tracèrent sur ses flancs deux courbes rouges, exhala un bruyant soupir, bondit des quatre pieds et partit comme un trait.

Les cavaliers dont nous avons parlé, s'élancèrent des broussailles pour donner chasse au fuyard. Mouraweh les distança rapidement, et son maître souriait des vains efforts tentés sur ses traces.

— Ces hommes du Tell, pensait-il, sont plaisants avec leurs chevaux gras, ignobles de père et de mère... Allons, Sidi-Mouraweh, couvre-les de poussière et de confusion, souviens-toi que, l'an dernier, à pareil jour, tu as fait sept lieues en une heure (¹)... Eh bien! qu'est-ce donc? tu ralentis... Quoi! tu baisses la tête... tu boites...

Ghrellab fit retentir ses étriers, donna une saccade de la main et frappa les flancs de son cheval de deux coups formidables. Mouraweh jeta un frémissement de douleur; il s'élança par une pointe énorme et retomba sur trois jambes. La noble bête voulut reprendre son essor; trahie dans son courage, elle fit une culbute, non sur

(¹ Le cheval vainqueur à la course de fond à Alger, en 1852, a franchi une distance de 17,000 mètres en 26 minutes, et la moitié des chevaux engagés arrivèrent au but en 35 minutes. (Rapport officiel).

ses genoux mais sur la tête, et alla rouler sur le sable, pour ne plus se relever.

— Pardonne - moi, pauvre ami, murmura Ghrellab, resté engagé sous son cheval qui expirait : tu étais mortellement blessé, quand j'outrageais ta gloire.

Et cet homme, ennemi des hommes, se sentit prêt à pleurer l'innocent complice de ses brigandages, l'intrépide compagnon de ses plus folles témérités.

Les deux cavaliers qui donnaient la chasse à Ghrellab, sans espoir de le joindre, il est vrai, arrivaient côte à côte à une allure un peu pesante, mais soutenue.

— Ils passeront sans me voir, pensa Ghrellab : les Français n'ont des yeux que pour la forme, et, grâce au diable, il fait noir ici comme dans un four.

VI

Si les cavaliers lancés à la poursuite de Ghrellab étaient revêtus d'un uniforme de fantaisie, c'est qu'ils avaient obtenu, à titre d'étrangers, la faveur de suivre la colonne sortie de Djelfa. Ils portaient l'un et l'autre une tunique bleu de roi très-courte, sans épaulettes ni galons de grade, un sabre de cavalerie légère et un fusil de chasse à canon double. Ils firent ce qu'avait pensé Ghrellab: ils appuyèrent à gauche et passèrent au galop sans voir Mouraweh qui couvrait son maître et ne donnait plus signe de vie.

— Je ne pourrai donc pas sortir de là-dessous? murmura Ghrellab en s'efforçant de dégager celle de ses jambes restée prise sous son cheval... Hum! voilà qu'ils reviennent, faisons-nous petit.

Les cavaliers revenaient, en effet, sur leurs pas, et Ghrellab tressaillit de la tête aux pieds, lorsqu'il entendit l'un d'eux dire avec un accent gascon très-prononcé;

— Je vous jure, Monsieur le baron, que je l'ai vu tomber par ici... double Dieu! Je savais bien que ma balle avait porté juste. On n'est pas braconnier de père en fils, dans ma famille, on ne tue pas dix bécassines sur douze pour manquer un cavalier au repos.

— Tu auras pris une oscillation pour une chute, mon garçon. Ces coquins d'Arabes sont rusés. Ils feignent, souvent, de plonger dans le sable, pour se dérober derrière un pli de terrain.

— Je vous dis qu'il a fait panache.

— Après tout, peu nous importe! un de plus ou de moins, dès que nous n'avons pas celui que nous cherchons, est-ce la peine de nous attarder dans ces parages?...

— Il est certain que si nous nous égarions, ce ne serait pas gai.

— Et, enfin, nous pourrions nous faire fusiller, bêtement, par quelque chenapan embusqué... retirons-nous.

— Allons ! filons ; mais c'est tout de même vexant de perdre le gibier qu'on a mis par terre... Ah ! triple Dieu ! qu'est-ce que je vois là-bas ?... un cheval sur le flanc, Monsieur le baron...

— Où cela ?

— Par ici... dans ce grand carré de chiendent et sur le sable... Je vais m'approcher... Voulez-vous tenir mon cheval ? à pied je verrai mieux.

— Je te le défends ! Il faut s'attendre à tout avec ces sauvages. Reste à cheval, avançons et ne nous quittons pas.

Les deux cavaliers se portèrent en avant.

— Qu'est-ce que je vous disais, Monsieur le baron ! s'écria l'un deux ; voilà notre moricaud les quatre fers en l'air, et le nez à la lune.

— C'est juste !... décidément maître Pompidou, vous tirez le fusil comme Guillaume Tell tirait de l'arc.

— J'aimerais mieux ne l'avoir pas tué, nous l'aurions fait causer, et il nous aurait sans doute renseigné... Enfin, qui sait ? faut voir.

Jean Pompidou, que le lecteur aura reconnu dès la première phrase accentuée de son discours, mit pied à terre et fit le tour de Mouraweh pour

aller voir, de près, s'il avait affaire à un blessé
ou à un cadavre.

— Méfie-toi, mon garçon, cria le baron d'Amstadt, un Arabe à moitié mort est encore un
homme tout entier.

— Je connais ça, je connais ça...

— Baisse-toi, Pompidou, baisse-toi! interrompit le baron, ah! brigand!

Deux coups de feu partirent presqu'en même
temps, l'un dirigé contre Pompidou, l'autre contre le baron. Cette double explosion résonna
dans le silence de la nuit, dans l'immensité de la
solitude, avec un retentissement prolongé qui se
fit entendre au-delà des portées ordinaires. Ghrellab avait reconnu Pompidou à son accent, et
Pompidou avait fait reconnaître le baron Arnold.

— Singulière rencontre! avait murmuré Ghrellab, du diable si je pensais à la Suisse dans ce
moment... voyons-les venir.

Quand les cavaliers se dirigèrent de son côté,
et lorsqu'ils l'eurent aperçu, Ghrellab se dit:

— Eh! eh! mon joli roman tirerait-il à sa
fin, par hasard? Le corbeau qui volait à la gauche de Walter, aurait-il, en vérité, chanté mon
Requiem? Bah! j'ai là deux charges de poudre
qui vont éclairer la question.

Ghrellab prit, dans l'étui de maroquin qu'il
portait toujours à sa ceinture, deux excellents pistolets de fabrique anglaise; il les arma en silence

sous son burnous et en tint un dans chaque main.

— Il s'agit de viser correctement, pensa-t-il, et je ne suis pas au tir de l'honnête Pétermann, à Heidelberg... Par Hercule! j'aimerais mieux que ces vagabonds me laissassent tranquille à mes affaires.

Ghrellab n'eut pas le loisir de discourir longuement avec lui-même, si facile que fût son éloquence dans ces sortes de conversation. Pompidou approchait. Ramassé autant que possible contre son cheval, la tête allongée sur le sable, les yeux ouverts et la face immobile, le renégat guettait le moindre geste du Gascon et comptait ses pas. Saisissant un moment où Pompidou se retournait vers le baron, Ghrellab leva lentement le bras droit en se soulevant un peu sur le coude gauche.

Ce mouvement fut aperçu d'Arnold qui, tout en se précipitant au secours de son compagnon, lui cria:

— Baisse-toi, Pompidou! baisse-toi!

Agile comme un renard, Pompidou fit un bond de côté et se *rasa* complètement, comme on dit en termes de vénerie. Néanmoins, la balle avait été dirigée par un œil si exercé, l'arme par une main si ferme, qu'elle atteignit le but presqu'au vol. Pompidou crut recevoir un coup de bâton sur l'épaule:

— Touché! cria-t-il.

Ghrellab, à peu près sûr d'avoir frappé juste, s'était retourné tout aussitôt vers le baron et avait fait feu de son second pistolet.

— Eh bien? demanda le Gascon.

Une chute pesante répondit à sa question. Cheval et cavalier roulèrent, renversés du même coup. Pompidou courut au baron, et lui dit, en se récriant:

— Double Dieu! prenez garde, vous me faites un mal horrible. Ne me prenez ni la main ni le bras.

— Tu es donc véritablement blessé? demanda Arnold, en se ramassant de lui-même tant bien que mal.

— Je dois avoir quelque chose de cassé dans l'épaule... et vous?

— Moi, rien. J'ai enlevé mon cheval à temps... Le pauvre animal a reçu la balle dans la tête; il s'est renversé; j'ai coulé sur la croupe, et me voilà... Mais ne permettons pas à l'Arabe de recharger ses armes...

— Donnez-moi un pistolet, je vais lui casser la tête de la main gauche.

— Un ennemi à terre! fi donc! ce cavalier a trop bien fait son devoir pour que je ne l'épargne pas. Et puis ce doit être un chef, et, en le traitant bien, nous le ferons parler, nous aurons des nouvelles.

— C'est juste.

Le baron Arnold aborda vivement Ghrellab et lui dit en très-bon arabe :

— Te rends-tu ?

— Il le faut bien, puisque je suis enchaîné et désarmé.

— Jette tes pistolets sur le sable.

— Voilà.

— Et ton fusil ?

— Il est devant toi... Je m'en suis séparé dans ma chute.

— D'où te vient cette arme ? demanda le baron, fort étonné de voir une excellente et riche carabine de guerre anglaise au lieu du long fusil damasquiné dont se servent les chefs arabes.

— Les juifs de Tanger me l'ont vendue fort cher. Je te la donne volontiers puisque tu es le vainqueur, mais tire-moi vite de dessous mon cheval, l'une de mes jambes doit être brisée.

— N'allez pas faire tout simplement ce qu'il vous demande, interrompit Pompidou : Prenez garde aux coups de Jarnac... visitez-le comme il faut.

— Je ne peux ni ne veux cependant pas le laisser là...

— Prenez ma fourragère et attachez-lui les mains... Coquin de sort ! dire que je ne peux pas vous aider... Mon épaule pèse cinq cents kilos...

— Me fais-tu le serment de ne rien tenter,

soit pour me frapper, soit pour t'enfuir, pendant
que je te dégagerai? demanda le baron.

— Ne sais-tu pas que les musulmans sont
toujours déliés, par le prophète, des serments faits
aux chrétiens? Pourquoi me demander une chose
ridicule?

— Eh bien! brigand! s'écria Pompidou, reste
là; puisque tu t'y trouves bien.

— Attache mes bras si je te fais peur, mais
délivre mes jambes.

Il en coûtait à Arnold de prendre vis-à-vis
de son prisonnier des précautions faites pour at-
tester, au moins, autant de timidité que de prudence. Il allait, toutefois, se résoudre à suivre
les avis de Pompidou lorsque, fort heureusement,
des spahis revenant de la poursuite du troupeau,
annoncèrent leur approche. On entendait le pas
précipité de leurs chevaux, le bruit de leurs étriers,
et l'un des mélancoliques refrains dont les cavaliers
indigènes s'accompagnent en voyage, surtout la
nuit, lorsqu'ils rentrent d'une heureuse expédiiton.

— *Hé! ya! l'arbi!* cria le baron aux spahis en
faisant un porte-voix de ses mains, et traînant
sur chaque syllabe de son appel, avec cette in-
tonation particulière aux Arabes de toutes les
contrées, qui leur permet de se faire entendre,
et même de converser, à des distances prodigieu-
ses: — Venez à moi, j'ai fait une capture.

Les cavaliers prirent le galop et arrivèrent
par la ligne la plus courte, selon l'usage, et sans

s'inquiéter des broussailles, sur le terrain où le baron les attendait.

Ghrellab jeta sur le nouveau groupe un regard inquiet; mais il se rassura bientôt en voyant avec quelle déférence les spahis, — ils étaient trois, — s'approchaient d'Arnold.

— Voilà un premier péril conjuré, pensa-t-il; comment finira cette singulière aventure?

Ghrellab connaissait les mœurs des Arabes en général, des gens du Tell en particulier. Il savait que tout ennemi renversé à leurs pieds doit tendre la gorge au couteau, et il pouvait craindre à bon droit que, sans écouter le baron, les nouveaux venus ne se livrassent au divertissement de lui couper la tête. Sans chercher à découvrir la cause de l'ascendant qu'Arnold exerçait sur son entourage, Ghrellab comprit qu'il allait se résigner à une captivité dont les suites n'offraient en perspective absolument rien de rassurant, et il comprit aussi que, pour dominer autant que possible sa détestable situation, il fallait cacher soigneusement son origine européenne, son travestissement, son nom, sa renommée, et, par conséquent, jouer très-serré avec des gens dont la finesse, les ruses et l'esprit d'observation lui étaient connus de longue date.

— Aidez-moi à lier cet homme, dit le baron aux spahis, et ramenons-le au camp.

Cet ordre était à peine donné, que les cavaliers mirent pied à terre et s'emparèrent du pri-

sonnier. Ghrellab se prêta de bonne grâce, pour
n'être pas trop rudoyé, aux volontés des Arabes,
tendit ses poignets à un nœud coulant, ne se
plaignit pas de la vigueur qu'on mit à serrer ce
nœud, et parut heureux de se retrouver sur ses
jambes, lorsqu'on l'eut tiré de dessous son cheval.

— Le prophète a écrit, dit-il sententieuse-
ment pour tâter la piété des trois spahis: „Les
mauvais traitements que vous faites à vos frères,
sont un péché atroce. Le jour où l'heure sera
venue, les mauvais frères, comme les criminels,
deviendront muets(¹)."

— Ton prophète n'est pas plus amusant que
toi, répondit le Gascon Pompidou. Je t'avertis
que tu t'adresses à des spahis qui boivent du vin
en plein rhamadan, ainsi n'use pas ta langue à
ne rien dire.

Les cavaliers indigènes, loin de protester contre ce propos, se prirent à rire de fort bon cœur,
tout en donnant un tour de plus à la corde qui
liait les deux poignets du captif.

— Maintenant, partons, dit Arnold, en allemand, nous sommes loin du bivouac, et j'ai hâte
d'arriver.

L'un des spahis céda son cheval au baron;
Pompidou se remit en selle, non sans se plaindre beaucoup de son épaule fracassée; Ghrellab

---

(¹) Le jour de l'heure signifie, dans le Koran, le jour
du jugement dernier.

fut attaché, par les poignets, à l'étrivière de gauche du second spahis, tandis que le troisième se
mit en flèche pour éclairer le chemin. Le cavalier
démonté se tint derrière le prisonnier pour le sti-
muler au besoin, s'il lui prenait fantaisie de ralen-
tir le pas ou de trouver qu'on marchait trop vite.

Les feux du bivouac français brillaient à deux
lieues de là dans la plaine. Les chevaux enfon-
çaient dans le sable, et, par humanité, Arnold
se retournait souvent pour exiger qu'on eût pitié
de Ghrellab, en ne le poussant pas trop vite.

— Fais attention que c'est un djouad, un
noble cavalier, un chef sans doute, que nous
amenons au camp, disait-il, ses pieds délicats ne
peuvent pas le servir comme des pieds de rustre.

— Ne croyez pas cela, Monsieur le baron,
répondait Pompidou; la noblesse d'épée, dans ce
pays, ne se reconnaît qu'au courage, à la vail-
lance, à l'adresse et à la vigueur. En France,
et partout en Europe, les grands aiment à oublier que leurs premiers ancêtres ont dû leurs
parchemins à des exploits qui demandaient bon
pied, bon œil. Ils font passer, volontiers, l'énergie des muscles dans le cerveau: ils exercent
l'esprit, ils énervent le corps. Ici, et plus nous
avancerons dans le Sud, plus ce que je dis sera
vrai, nul n'est grand seigneur, nul n'est chef, nul
n'est maitre, s'il n'a pas, à cheval, les genoux
d'un raitre, à pied les jarrets d'un Basque, et,
en toute circonstance, le courage d'un Seelorf...

— Tu seras toujours gascon, mon pauvre Pompidou.

— Eh! dam! c'est un moyen d'être souvent aimable. Après tout, je suis sincère, car je ne sais personne plus brave que vous, et voilà quinze ans que nous faisons, ici, un métier où chacun travaille le cœur sur la main.

— Pardon, mon ami, je connais quelqu'un qui nous fait tous les jours la leçon, à toi, à moi, et aux plus intrépides de nos amis.

— J'entends, vous avez raison, la pauvre chère bonne Mme Thérèse... Oui, c'est vrai, voilà le modèle des modèles; mais aussi, c'est mieux qu'un homme, c'est une mère. Ah! patience divine! Si nous pouvions lui envoyer quelque bonne nouvelle de ce pays de la Peur que personne ne connaît, si loin que nous allions.

— Nous ne sommes pas encore dans le Sud, mon ami.

— Bien obligé! Voilà je ne sais combien de jours que nous sommes partis d'Alger, nous venons de faire une étape de quinze lieues depuis Djelfa, nous sommes à plus de cent lieues de la côte, il a fait aujourd'hui 19 novembre, une chaleur à suer son âme.

— Et tu t'en plains?

— Non pas, mais je constate. Eh bien! si nous ne sommes pas encore dans le Sud, quand donc y arriverons-nous?

— Je n'en sais pas plus long que toi. Le pays au-delà de Laghouat m'est absolument inconnu, et il faut que ses habitants aient grand intérêt à nous fuir, car il m'a été impossible de me faire renseigner. Les juifs, les pèlerins se taisent ou font du roman lorsqu'on les interroge, et le pays de la Peur est, sans doute, une contrée légendaire comme il s'en trouve dans les contes de ma vieille Allemagne.

Ghrellab écoutait avec un vif intérêt la conversation d'Arnold et de Pompidou, car il comptait régler sa tenue, sa conduite et son langage d'après ses observations. Aussi marchait-il d'un pas ferme et allongé pour se tenir à portée de la voix, ce qui fut pris pour de la soumission.

Les troupes avaient fait leur repas du soir, lorsque le baron arriva au bivouac avec son prisonnier.

Arnold donna ses premiers soins à Pompidou, qui souffrait cruellement. Il le conduisit à l'ambulance où sa blessure fut examinée. Le pauvre diable avait la clavicule de l'épaule droite cassée, et il entendit, avec désespoir, prononcer l'arrêt qui le condamnait à un grand mois de repos absolu.

— Double Dieu! s'écria-t-il, veillez bien sur le chenapan qui m'a si mal accommodé; tâchez qu'il ne vous échappe pas, car je tiens à renouer connaissance avec lui; c'est un fameux tireur qui peut en remontrer à vos tueurs de chamois.

Le baron souhaita une bonne nuit à son compagnon, et se rendit au bivouac des spahis avec lesquels il avait obtenu l'autorisation de marcher pendant la campagne. Il trouva cercle sous la tente d'un officier indigène, et s'y présenta. Les trois spahis qui l'avaient aidé à enlever Ghrellab étaient assis devant et en dehors de la tente. L'un d'eux tenait une tasse de café qui, de ses mains, devait, successivement, passer dans celles de ses camarades.

— Et mon prisonnier? demanda-t-il.

— Il est là, Sidi, devant toi.

Arnold regarda dans l'intérieur de la tente, et ne fut pas peu surpris de voir le captif assis sur une natte, la pipe d'une matin, une tasse de café de l'autre, l'air triste mais calme, et pérorant fort à l'aise.

Après avoir échangé rigoureusement toutes les formules de politesse avec l'officier maître de la tente, Arnold de Seelorf vint s'asseoir en face de Ghrellab et lui dit:

— Si tu m'avais fait prisonnier, serais-je, à cette heure, heureux comme te voilà, en nombreuse compagnie, les mains pleines et le cœur rassuré?

— Non, répondit Ghrellab avec une audace qui chatouilla la fierté de son auditoire musulman. Tu serais mort, ta tête serait plantée au fer d'une lance sur la porte de mon *ksar* (¹).

_____

(¹) *Ksar*, château, maison forte.

— Et si je te faisais couper la tête?

— Tu es le maître, qui t'empêche? assurément ce n'est pas moi.

— Je ne t'arracherai pas la vie mais je ne consens pas à te laisser la liberté dont tu jouis en ce moment.

— Vois si je suis libre, répondit Ghrellab, et, relevant son burnous, il montra ses pieds solidement liés l'un à l'autre par de fortes courroies.

— Très-bien, reprit le baron, comme cela je suis rassuré. Tu ne m'appartiens pas... demain je te conduirai au camp de notre chef, et, là, il sera décidé de ton sort.

— A la volonté de Dieu!

— Ce sort sera très-doux, si, en causant avec moi, tu veux être sincère.

— La sincérité ne me coûte rien, le mensonge m'est odieux. De quoi veux-tu parler?

— Du désert. Le connais-tu?

— C'est ma patrie, c'est le paradis des hommes sur la terre.

— As-tu voyagé dans le pays de la Peur?

— Oui... c'est une contrée redoutable.

— N'est-ce pas là qu'habite un chrétien devenu musulman, un chef?...

— Je connais l'histoire dont tu veux parler: il y a longtemps, un homme venu des pays lointains, au-delà des mers, est venu se fixer parmi nous avec sa fille, tout jeune enfant.

III   3

— Quel âge avait cette enfant? demanda vivement le baron.

— Nous ne savons jamais notre âge, — tu ne dois pas ignorer cela puisque tu parles correctement notre langue. Ce que je peux t'affirmer, c'est qu'ayant vu cette jeune fille il y a de cela, quelques années, je l'ai trouvée d'une beauté rare.

— Son nom ?

— Slamia.

— Celui de son prétendu père?

— Si-Mansour, un hypocrite, un renégat qui, par astuce, a fait deux fois le voyage de la Mecque. Je suis son ennemi personnel.

— Toi?

— Sans doute.

— Pourquoi cela?

— Parce que je suis un homme du Seigneur, du Très-Haut et qu'il n'est lui, qu'un imposteur. Je donnerais le plus pur de mon sang pour lui nuire.

— Pourquoi es-tu de son parti?

— Parce que je ne peux pas être, ouvertement, son adversaire: il a la force en son pouvoir, il est le conseiller du pieux chérif Abd-Allah.

— Le ciel vient donc d'unir deux haines terribles, car je suis, moi, depuis quinze ans, à la poursuite de ce maudit. Veux-tu m'aider dans ma vengeance.

— Non. Le prophète a interdit l'alliance du croyant et de l'infidèle.

— Voudras-tu, au moins, me mettre sur les traces de Mansour?

— Je le ferais, si j'étais libre, car Mansour n'est pas croyant, c'est, je te l'ai dit, un vil imposteur.

— Non-seulement, je te rendrai ta liberté si tu me sers, mais encore je te couvrirai de richesses.

— Les richesses du désert m'appartiennent, rends-les-moi; je méprise tous les autres biens de la terre.

— Tu seras libre le jour où tu m'auras mis en présence du ravisseur de mon enfant, car Slamia est ma fille, volée à mon foyer.

— Je retiens ta parole, et ce jour sera peut-être prochain. Voici l'heure du repos... mon corps est brisé de lassitude. Nous parlerons demain de tes projets. Donne des ordres pour que mon sommeil soit respecté, si toutefois Dieu permet que l'un de ses plus fidèles et plus fiers serviteurs puisse dormir les jambes liées comme celles d'un mouton que l'on conduit au boucher.

Arnold détacha la corde qui serrait les pieds de Ghrellab, et il lui dit:

— Dors en paix comme un homme libre. Ce sera moi qui veillerai sur ta nuit.

— Merci, répondit Ghrellab, en se roulant dans ses burnous.

Ceci me plait médiocrement, pensa-t-il en

3*

fermant les yeux ; décidément, j'aurai grand'peine
à me tirer d'affaire... Bah ! la nuit porte conseil.

VII

Pendant que Ghrellab combattait, beaucoup
plus par plaisir que par nécessité, au poste qu'il
avait choisi pour défendre la queue du troupeau
enlevé aux Ouled-Mimoun, Sidi-Mansour s'em-
ployait, avec une rare activité, à faire filer la
tête de ce même troupeau dans la direction de
l'oasis de Laghouat.

L'attaque des spahis sur les deux flancs du
troupeau jeta bien quelque désordre dans cette
énorme cohue d'animaux bêlans et beuglans, mais
les serviteurs de Si-Mansour, et à leur tête le
mékatib Debbah, déployaient tant d'énergie, tant
d'adresse à leur métier de coupeurs de route, que
chameaux, bœufs, moutons et chèvres se précipitaient, pour la plupart, dans les divers passages
ouverts à leur frayeur, et atteignirent, sans catas-
trophe, le territoire de Laghouat.

Au moment où Mansour s'engageait dans une
petite vallée que parcourt l'Oued-Djeddi (¹) en

(¹) Laghouat est bâti sur les rives de l'Oued-Djeddi.

quittant les jardins dont Laghouat se fait une épaisse et riche ceinture, il entendit venir à lui une troupe de cavaliers, et ne tarda pas à reconnaître, malgré l'obscurité de la nuit, que ces cavaliers escortaient un important personnage. Suivi de Debbah, il s'approcha du groupe et ne fut pas peu surpris de voir le chérif Mohammed-ben-Abdallah, cheminant, sur une mule, dans la direction de la porte orientale de Laghouat.

Mansour marcha droit au chérif qui, sans s'arrêter, l'invita d'un geste à se placer près de lui.

— Où vas-tu? demanda Mansour.

— Je vais m'enfermer dans Laghouat.

— N'est-ce pas commettre une faute?

— Une faute! Et pourquoi donc?

— Si forte que soit cette ville aux yeux des Arabes, elle ne résistera pas aux canons des Français...

— Le pieux, le vaillant Bou-Ziann a su braver les Français dans l'oasis de Zaatcha...

— Oui; mais cette bravade lui a coûté la vie, et le drapeau des chrétiens a flotté sur les ruines fumantes de Zaatcha.

— Après un long siège qui a fait l'orgueil et la force des musulmans, interrompit Abdallah; il en sera de même de Laghouat. Je t'expliquerai d'ailleurs, mes projets et mes plans. Ton esprit est robuste, donc tu m'approuveras. Pour le moment, trêve d'entretiens inutiles. Les chrétiens ne se contentent pas de m'avoir tué du

monde à El-Reg ; il me suivent de près et comme à la piste.

— Je ne te vois qu'une faible escorte ; qu'as-
tu fait de tout ton monde ?

— Je l'ai renvoyé ; mes cavaliers sont postés
à moins d'une journée de Laghouat et ils obser-
veront les chrétiens comme le faucon observe la
chasse. La moindre faiblesse, la moindre hésitation de l'ennemi sera aussitôt châtiée. Je m'a-
perçois que tu as fait bonne journée ; ce troupeau sera fort agréable à nos amis.

— J'en ai perdu un bon tiers. Les Français m'ont talonné, ils me talonnent peut-être
encore ; mais Ghrellab leur cherche chicane, et,
grâce à lui, nous ferons un joli présent aux
Laghouati (¹). Dois-je m'enfermer avec toi dans
l'oasis ?

— Sans doute. Puis-je me passer de tes
conseils et de ton courage, de ta tête et de ton
cœur ? Voilà que nous entrons dans l'enceinte
des jardins, les principaux de la ville vont venir
au-devant de moi, et il est bon que je me re-
cueille. Adieu pour un moment. Quand je serai
dans la ville et que j'aurai mis pied à terre, tu
viendras me trouver. Nous avons à causer longuement. Donne tes ordres pour que le butin
de ta razzia soit introduit dans la ville.

Mansour laissa la mule de Ben-Abdallah ga-

_____

(¹) Les gens de Laghouat sont appelés Laghouati.

gner du terrain, et il se mit à la tête de l'escorte.

— Debbah, dit-il au mekatib, tu vas t'arrêter, tu laisseras filer le troupeau, et lorsque la dernière tête aura passé devant toi, tu diras à mon ami Ghrellab que je l'attends à la casbah de Laghouat pour l'entretenir d'affaires urgentes.

Dabbah, remercia le ciel de l'occasion qui lui était offerte de rejoindre son maître, et il fit de son mieux pour attendre patiemment que la dernière pièce du butin eût défilé devant lui.

— Eh bien! demanda-t-il à l'un des cavaliers de l'arrière-garde, où est notre seigneur Ghrellab?

— Il vient, répondit l'Arabe en continuant de marcher.

— Il viendra, dit un second cavalier.

— Ne l'attends pas, car il est mort, dit un troisième.

— Mort! s'écria Debbah, en sautant à la gorge du malheureux. Pour en être bien sûr, l'as-tu vu tuer?

— J'ai entendu tirer sur lui, et je l'a vu disparaître avec son cheval. Or, il montait[1] Mouraweh, et jamais Mouraweh n'a fait un faux pas.

— Il n'est pas mort, mais prisonnier, déclara un quatrième cavalier qui vint se joindre aux autres: Je l'ai vu tomber; je me suis arrêté, espérant pouvoir lui porter secours; mais il a été trop vite entouré d'ennemis, et je n'ai pas eu l'occasion...

— Lâche! interrompit Debbah, dis que tu n'as pas osé.

— Je n'avais plus de cartouches, mon fusil était déchargé.

— C'est bien, répondit Debbah; je vous apprendrai à tous, gens qui vous croyez braves comme le lion et rusés comme le chacal, je vous apprendrai à tous ce qu'un enfant du fleuve de la mer (¹) ose entreprendre pour sauver son Seigneur. Allez. vous n'êtes que des fourmis.

Debbah entra le dernier dans Laghouat, et se rendit immédiatement à la casbah où il trouva le chérif prenant conseil de Si-Mansour, assisté de quelques chefs nomades et des notables de Laghouat.

— Eh bien! lui cria Mansour, dès qu'il l'eut aperçu; mon ami Ghrellab arrive-t-il? On n'attend plus que lui au conseil.

— Mon seigneur Ghrellab est prisonnier des chrétiens, répondit le nègre... Que Dieu lui vienne en protection!

Cette nouvelle consterna tous les cœurs. Ghrellab l'heureux, l'invincible, l'invulnérable, prisonnier! mieux eût valu qu'il fût mort. Mansour n'essayait pas de cacher sa douleur; le chérif

(¹) Les Arabes du Sud donnent au Niger le nom de *bahar el-Nil*, mer du Nil.

s'efforçait de dominer l'embarras où le jetait ce
terrible accident ; mais il avait peine à se dissi-
muler qu'en perdant le plus intrépide de ses
auxiliaires, il perdait sa meilleure chance de succès, son plus solide espoir.

— Me permet-on de me dévouer pour porter
secours à mon seigneur ! demanda le mekatib.

— Ton dévoûment sera payé de bienfaits en
ce monde, et de félicités éternelles après la mort,
répondit le chérif.

— Je te donnerai un cheval à choisir parmi tous mes chevaux, s'écria Mansour.

— Je n'ai demandé aucune récompense,
murmura Debbah ; j'ai seulement promis de ra-
mener mon seigneur Ghrellab mort ou vivant ;
ou bien de périr à l'œuvre, laissant mes os en
témoignage de ma fidélité.

Debbah sortit de la salle où le chérif tenait
conseil, et il se dirigea vers le quartier où les
serviteurs des nobles cavaliers avaient logé les
chevaux.

Il trouva là deux jumens appartenant à Ghrellab. Il ordonna qu'on les fît boire, qu'on leur
donnât une forte ration d'orge et qu'on les tînt
prêtes à sortir de la ville pour une expédition
nocturne.

Ceci fait, le mekatib s'enfonça dans les bas
quartiers de Laghouat et entra dans une maison
qu'habitait une famille nègre fort connue dans
le pays.

Aux coups de tam-tam, dont la lourde harmonie retentissait au loin, aux accords nasillards du chalumeau comme aux accents mélancoliques de quelques voix chantant des airs du Soudan, il était à croire qu'il y avait fête dans cette maison.

— Eh bien! s'écria Debbah, s'arrêtant sur le seuil d'une chambre où douze personnages des deux sexes et de tous âges s'escrimaient les uns à battre du tambour (derbouka), les autres à souffler dans des tuyaux de musettes, ceux-ci à chanter, ceux-là à danser, pendant que les enfants cabriolaient sur une mauvaise natte pour répéter des tours de jonglerie, quelle est votre folie! vous ne songez pas à prier Dieu la veille d'un grand combat! vous chantez et vous dansez!...

— Nous avons reçu l'ordre de préparer pour demain de belles réjouissances, répondit le chef de la famille; nous sommes les musiciens du gouverneur de la ville, et, sans avoir à nous inquiéter des affaires publiques, nous ne devons songer qu'à satisfaire le maître. Sois le bien venu, Debbah, mais laisse-nous continuer nos exercices.

— Ce sont, cependant, ces exercices que je viens interrompre. Combien vous donnera-t-on, demain, pour les jeux que vous exécuterez?

— Trois douros...

— C'est donc moi qui suis le maître; car je

m'engage à vous payer six douros le service que vous allez me rendre cette nuit.

— Nous voilà prêts, si tu ne nous demandes que des danses, de la musique et des chansons.

— Rien de plus. Tu dois connaître, dans ses moindres détails, la cérémonie de *Lilet-el-achoura?*

— Sans doute, c'est le plus gai de tous les divertissements en usage dans le pays des sables et des dattes; c'est la fête de la veille du nouvel an. Il n'est pas, dans tout le désert, une sombre figure de vieillard qui ne se déride aux scènes plaisantes du *Lilet-el-achoura.*

— Tu vas donc organiser, à l'instant même, la troupe nécessaire à ce joyeux exercice; tu vas te munir des costumes et instruments indispensables, et, sur-le-champ, nous allons partir.

— Y songes-tu! Nous sommes loin du nouvel an.

— Peu importe. Les gens que nous amuserons ne nous demanderont pas pourquoi nous devançons l'époque fixée par une coutume dont ils n'ont pas connaissance. Fais vite, j'ai hâte de partir.

— Impossible! je n'ai pas d'Arlequin (¹).

(¹) Dans le sud, au-delà de l'oasis de Ouargla, dans le grand désert, dans l'oued R'rir, le Souf, le Djorid (pays du palmier), jusque dans le M'zab et le Maroc, à l'époque du nouvel an, la fête de l'achoura est célébrée par des réjouis-

— Eh ! quoi ! ces jeunes gens ne peuvent
pas remplir un rôle qui n'exige qu'un peu d'esprit et beaucoup d'agilité ?

— Tu en parles à ton aise. On trouverait
plus aisément un brave et rude cavalier comme
toi, un généreux seigneur comme Sidi-Ghrellab,
un homme savant et habile tel que Sidi-Mansour,
et peut-être un pieux chérif comme le saint
Abd-Allah qu'un Arlequin de la force de mon
fils aîné. Or mon fils est à Ouargla, dans ce
moment, donc je ne peux pas te suivre et fêter
le *Lilet-el-achoura*. Ma renommée me condamne
à te désobliger.

— Que ta renommée soit moins sévère, répondit Debbah en éclatant de rire ; regarde-moi,
et ose répéter, par serment, qu'il est impossible
de remplacer ton fils.

En achevant ces mots, Debbah fit un bond
prodigieux et tomba sur les mains, les jambes
en l'air, au milieu de la chambre. Puis, il se remit brusquement sur ses pieds, et parcourut
l'assemblée en faisant le simulacre de saluer
chacun des assistants d'un coup de chapeau, d'une
grimace et d'un coup de batte, le tout avec la

sances semblables à celle que nous décrivons. L'Arlequin,
au grand complet, de la farce italienne, se montre donc,
avec son costume classique, son chapeau et sa batte, au
fond du Sahara. D'où vient-il, et comment expliquer son
apparition dans les sables ? Je ne saurais le dire ; mais,
si étrange qu'il soit, le fait est vrai.

grâce, la souplesse et l'autorité magistrale d'un Arlequin de la meilleure école.

Les musiciens nègres, comédiens ordinaires du gouverneur de Laghouat, ne revenaient pas de leur étonnement.

— Tu le vois, reprit Debbah lorsqu'il eut achevé sa dernière pirouette, ton fils ne ferait pas, assurément, un cavalier de ma force, ni un élégant seigneur comme Sidi-Ghrellab, ni un habile homme égal à Si-Mansour, ni un pieux chérif; mais moi, je fais, quand je le désire, un Arlequin digne de le remplacer. Partons!

— Je n'ai rien à répondre; si ce n'est que nous t'obéissons. En route, mes enfants, en route pour l'*achoura*... que chacun prenne son costume.

— Chargez-vous du mien, interrompit Debbah, et allez m'attendre à la porte du couchant. J'y arriverai dans quelques instants.

Lorsque les bateleurs nègres eurent mis en paquets les nipes dont ils avaient besoin pour leur mascarade, ils se dirigèrent vers le lieu du rendez-vous. Debbah y arrivait en même temps qu'eux. Il montait l'une des juments de Ghrellab et conduisait l'autre en main. Ces deux bêtes, connues pour leur brillante rapidité à la course, étaient bridées mais non sellées.

— Aurais-tu l'intention de nous mener loin? demanda le chef des musiciens.

— J'espère que non. Ne t'effraie pas si tu me vois à cheval; ne me questionne pas, borne-

toi à regarder au loin, dans la campagne, pour
découvrir, s'il est possible, les feux allumés par
les chrétiens.

— Les chrétiens! Songerais-tu à les voir de
près?

— Silence. Je ne suis pas ici pour répondre à tes interrogations indiscrètes. Ta vie et ta
liberté ne courent aucun danger, tu seras bien
payé... Que désirerais-tu de plus? Prépare-toi
à être aussi divertissant que possible, et surtout
n'aie pas l'imprudence de laisser deviner que
nous sortons de Laghouat, car ton Arlequin te
casserait la tête... j'en jure par le ciel et ses
étoiles.

Debbah était trop connu pour qu'il fût, un
instant, possible de mettre en doute ses intentions. On savait qu'il ne lui coûtait guère de
tuer son prochain et chacun se résigna, dans la
troupe ambulante, à une muette obéissance.

Debbah marchait depuis une heure, lorsqu'il
s'arrêta pour contempler une ligne de feux de
bivouac qui s'étendait dans la direction du bois
de tamarins d'El-Reg, que le chérif avait occupé
dans la journée. Il cherchait à s'expliquer la
présence de l'ennemi de ce côté, lorsqu'une jeune
négresse lui fit remarquer, au nord de l'oasis
à plus de deux lieues de l'endroit où il se trouvait, d'autres feux plus espacés et d'un volume
moins considérable.

— C'est là qu'il doit être! s'écria Debbah.

Et il conclut immédiatement, avec la vive sagacité d'un homme rompu aux choses de la guerre, que les feux d'El-Reg appartenaient aux chrétiens lancés directement à la poursuite du chérif, tandis que les plus éloignés vers le nord avaient été allumés par les spahis et les chasseurs envoyés au secours des Oulad-Mimoun contre la razzia de Mansour et de Ghrellab. Sans hésiter, il piqua droit aux spahis en ordonnant à ses gens d'allonger le pas pour le suivre.

Après avoir marché pendant une heure encore, Debbah, guidé par le hasard, rencontra le corps du pauvre Mouraweh.

— Plus de doute, s'écria-t-il, si les renégats à burnous rouges (¹) ne l'ont pas tué, je le trouverai là-bas. Mais, hélas! puis je espérer qu'il n'a pas reçu quelque affreuse blessure? Faudra-t-il simplement couper les liens de sa captivité et le pousser dans un chemin libre, ou l'enlever sur mes épaules! — Non, non, mon seigneur Ghrellab est invulnérable, ce n'est pas un homme, c'est un ange de Dieu... Gloire à lui!

Debbah s'arrêta, pendant quelques instants, près de Mouraweh, qu'il interrogea d'une voix touchante sur le sort de son maître. Il se rendit compte de la blessure qui avait abattu le noble animal. Il alluma un fagot de drine et cher-

(¹) Les spahis formant notre cavalerie indigène régulière, portent le burnous rouge.

cha, sur le sable, des traces de sang qui pussent
lui fournir quelqu'indication. Enfin, pour ne pas
perdre en vaines recherches un temps précieux,
et aussi pour ne pas donner l'éveil à l'ennemi,
il se remit en route, mais en changeant légèrement de direction, de manière à atteindre un
bouquet de térébinthes, situé à deux mille mètres
environ du bivouac des spahis.

— Tenez-vous là, dans le plus grand silence,
dit-il à sa troupe : Veillez sur les deux juments
que j'attache à ces arbres, et attendez-moi, en
vous revêtant de vos costumes. Je vais à la découverte; mais vous me verrez bientôt revenir,
et, surtout je le jure par les miracles du pieux
Aïssa (¹), n'oubliez pas que si mon expédition
vient à manquer par votre faute, je baignerai
mes bras jusqu'aux coudes dans votre sang.

Les pauvres musiciens frissonnèrent en écoutant ce serment formidable que Debban était homme à observer sans pitié. Ils se blottirent sous
un arbre, ne se parlèrent que par signes, et vidèrent les paquets contenant leurs oripeaux.

Debbah s'éloigna, par de grands zig-zags, du
poste où il avait mis ses gens. Il tourna la ligne des feux du bivouac de manière à se présenter en arrière de la troupe qu'il désirait exa-

(¹) La piété publique affirme que ce saint marabout
prophétisa, dès le XVII siècle, la prise d'Alger par les
Français en 1830.

miner de près. Jamais chat sauvage, pressé par
la faim, ne déploya plus de ruse, plus de patience,
plus d'audace et de prudence à la fois pour se
traîner vers sa proie, que le terrible serviteur
de Ghrellab n'en mit à franchir les sables nus
qui le séparaient de la zone d'alfa où les spahis
avaient posé leurs tentes. Le mekatib savait
combien l'Arabe a l'œil prompt et l'oreille fine,
qu'il soit du nord ou du sud africain. Il savait
qu'au moindre bruit, il serait découvert, arrêté,
mis à mort par des gens habitués à considérer
la race noire comme inférieure à la race blanche, et habitués, dans tous le cas, à tuer tous les
prisonniers dont le rang, la naissance, la renommée ne promettent pas une rançon considérable.
Or, pour arriver aux tentes de spahis, il fallait
traverser des sables complètement dépouillés de
végétation, et quoique la lune ne se montrât
point, il était difficile de passer inaperçu dans
cette plaine jaune et grise où le feu des étoiles
semait encore quelque clarté.

Debbah usa d'un stratagème qui, déjà, lui
avait réussi en maintes circonstances. Il se cou-
cha tout de son long sur le dos, couvrit de sable son ventre, sa poitrine et, se servant de ses
coudes comme de deux avirons, il se poussa lentement, l'œil éveillé, l'oreille tendue, vers le bivouac, avec une sûreté de direction qui faisait
l'éloge et du calme de son courage et de la sagacité de son instinct. Dans ce périlleux et pé-

III   4

nible trajet, sa tête labourait le sable assez profondément pour s'y cacher, et lui servait de gouvernail. Bientôt il put entendre distinctement les chevaux des spahis, et, aux premiers bouquets d'alfa qu'il rencontra, il se tourna sur le ventre pour examiner la position. Changeant alors de système, il se rapprocha des feux autour desquels dormaient les burnous rouges, s'arrêta de nouveau, repartit, se recoucha encore, et parvint, après des miracles d'adresse, jusqu'aux abords d'une tente d'où partait un bruit de voix qu'il résolut d'écouter.

C'était le moment où le baron Arnold, revenant de l'ambulance, retrouvait son prisonnier chez un officier indigène et entamait avec lui la conversation que nous avons rapportée.

Debbah eut peine à réprimer une explosion de joie lorsqu'il se vit si près de son seigneur Ghrellab. Dans le premier trouble d'esprit causé par cette découverte inespérée, le vaillant mekatib fut sur le point de s'élancer sur le groupe des infidèles pour délivrer son maître à force ouverte; mais, ramené bientôt à plus de sagesse, il battit en retraite par les mêmes moyens qu'il avait employés pour se porter en avant, et, lorsqu'il eut franchi la zone des sables, il se dressa de toute sa hauteur, secoua ses membres nerveux, gonfla d'air ses larges poumons; puis, comme s'il eût éprouvé l'irrésistible besoin de crier pour soulager ses nerfs irrités par le supplice d'une trop longue attente, il jeta dans les airs, et par trois fois, le formidable appel que le lion adresse à sa compagne dans les ravins de l'Atlas et dans les majestueuses solitudes du Sahara.

Ces trois rugissements furent si bien imités, que les chevaux des spahis s'en effrayèrent et que leurs cavaliers coururent aux fusils. Quant aux musiciens nègres il se préparaient à fuir, lorsque Debbah, se jetant au devant d'eux, les arrêta par un superbe éclat de rire.

VIII

Le baron Arnold veillait depuis quelques minutes à peine sur le sommeil de son prisonnier, lorsque trois rugissements prolongés annoncèrent, à tout le camp, la visite que *sidi Sbah* (¹) (monseigneur le lion) daignait faire aux spahis et surtout à leurs chevaux.

Ghrellab, qui ne dormait pas, feignit de s'éveiller en sursaut et s'écria :

— Le lion est là, tout près... donne-moi un fusil.

(¹) C'est le titre que, vulgairement, les Arabes donnent au lion.

4*

— Que nous fait le lion? répondit Arnold;
laisse-le rôder à sa fantaisie, dors et ne t'inquiète
pas. S'il vient à nous, il me trouvera.

— C'est fort bien! riposta Ghrellab en se
recouchant, tu es averti; agis comme il te plaira.
Ce n'est pas de peur que je m'inquiète. Mieux
vaudrait pour moi, je le sais, être la proie d'un
lion que le captif d'un chrétien.

Le prisonnier feignit de se rendormir; mais
il prêta une oreille attentive à tous les bruits de
la nuit, car il avait reconnu, dans les rugissements
de la bête féroce, l'un des signaux de son mekatib,
et il se disait en se tenant sur ses gardes:

— O civilisation, enfanteras-tu jamais de
pareils dévoûments! Voilà un sauvage qui a plus
de cœur et d'esprit que je n'en saurais montrer,
moi le meilleur élève de la plus célèbre univer-
sité de l'honnête et savante Allemagne... et j'avais
l'ingratitude de ne pas compter sur lui!... Voyons-
le venir... Que peut-il avoir imaginé?

Moins d'une demi-heure après cette alerte,
deux nouveaux rugissements se firent entendre,
mais moins sonores que les premiers. Les spahis
reprirent leurs fusils et s'employèrent à calmer
leurs chevaux qui bondissaient aux entraves, et
ronflaient avec terreur. Quelques hommes se portèrent en avant pour inspecter, de plus près, les
broussailles d'alfa; mais, quoique fort braves, ils
n'obéissaient, en cela, qu'avec grande répugnance
aux ordres de leurs supérieurs. Tout à coup,

un vacarme étrange éclata dans la direction du
bois où Debbah avait posté ses musiciens, et ce
vacarme eut pour écho, chez les spahis groupés
en avant de leur bivouac, des rires qui résonnèrent
sur tous les tons, pour accompagner le charivari
grotesque où le chacal, le chien, le moufflon, le
bœuf, l'âne, le singe et le perroquet, faisaient
chacun sa partie couverte, de temps à autre, par
le tonnerre de sidi-Sbah.

— Fantasia! fantasia! dirent et répétèrent les
spahis revenus de la belle peur que tous avaient
eue en croyant à la présence d'un vrai lion, et
ils poussèrent des cris, à leur tour, afin d'attirer
à eux les gens qui, si plaisamment, faisaient
de la nuit le jour dans un pays semé de tris-
tesses (1).

Alors ce fut bien autre chose! une demi-
douzaine de torches s'allumèrent dans la plaine
comme par enchantement, et jetèrent de rouges
reflets sur les rares arbustes des sables qui apparurent, comme des spectres, dans les ténèbres
brusquement déchirées; aussitôt les spahis s'écriè-
rent :

— Hé! Hé! Regarde... Sont-ce des démons?
— Nous ne sommes pas loin de l'Oued-
Djenoun, où habitent les sorciers.

_____

(1) Les Arabes appellent, en général, *fantasia* toute
scène et toute action individuelle destinée a captiver l'attention publique.

— Ils viennent à nous... J'aperçois une femme.

— C'est la sœur du lapidé (¹).

— Voilà le lion... je le vois... il se tient sur ses pattes de derrière et danse comme un chien.

— Sont-ce des juifs au sabat?

— Je viens d'apercevoir un diablotin...

— J'en vois deux...

— Et ce vieillard à barbe blanche, est-ce Garragouss (²)?

— Hé! hé!... voyez ce *Roumi* (³) qui a une veste comme un *Biskri* (⁴) et un chapeau comme un général.

— Allons demander au prisonnier ce que signifie cette mascarade... Ah! que ce comédien fait bien le lion, et celui-là le chacal, et celui-ci le bœuf!...

— Ils arrivent! ils arrivent! Questionnons le prisonnier.

Ghrellab feignait si bien de dormir, qu'on fut obligé de le tirer par les pieds, avec la permis-

---

(¹) C'est le surnom donné à Satan par le Koran. „Satan fut chassé à coups de pierres par Abraham.“

(²) Garragouss, personnage licencieux d'une représentation théâtrale arabe (ombres chinoises).

(³) Pour les Arabes, tous les chrétiens sont des Roumis, expression du patois mauresque.

(⁴) Le Biskri, ou habitant de Biskra, dans la province de Constantine, porte, à Alger, un kaban bariolé.

sion d'Arnold, pour pouvoir jouir des éclaircisse-
ments qu'on attendait de lui.

Il vint, accompagné du baron, sur le front
de bandière, jeta un coup-d'œil dans la plaine et
dit en souriant :

— O hommes du Tell! vous ignorez donc
les usages les plus anciens du vrai peuple arabe,
du peuple nomade et libre ? Les gens que vous
voyez venir à vous sont des baladins qui, sans
doute, pour vous procurer un beau divertissement,
font une représentation de la fête *el achoura*,
la fête de la veille du nouvel an.

— Nous ne sommes pas à la veille du nouvel an.

— Aussi n'est-ce qu'un jeu ; regardez et ré-
jouissez-vous. Quand les acteurs sont bons, rien
n'est plus agréable que ce charmant spectacle.

Inutile de dire qu'en un clin d'œil toutes les
tentes se vidèrent. Chacun accourut pour assister
aux ébats des comédiens. Les Arabes sont pas-
sionnés pour tous les divertissements de ce genre,
pour tous les plaisirs en général, et chacun des
spahis eût volontiers vidé sa bourse entière, s'il
eût fallu payer cette fête inespérée. Les soldats
français mêlés au détachement ne se montrèrent
pas moins empressés que les indigènes et vinrent
se rejoindre au groupe, ou plutôt à la masse
des curieux; si bien que les infirmiers attachés à
l'ambulance restèrent seuls à leur poste.

Enfin, les baladins apparurent à quelques pas

du camp, et marchèrent droit aux spectateurs qui les accueillirent par des rires, des excitations, des *you-you*, (¹) répétés avec une plaisante ardeur. Et, de fait, jamais ces braves cavaliers du Tell n'avaient assisté à pareille cérémonie ; jamais ils n'avaient vu si belle et si bouffonne mascarade, et, s'ils se rappelaient avoir entendu semblable musique, c'était en songeant aux plus beaux jours de leurs réjouissances solennelles.

Les cris d'animaux avaient cessé ; le *derbouka* (tambour) résonnait sous les doigts nerveux d'un jeune nègre qui, tout à la fois, jouait d'une sorte de galoubet criard. Dix autres musiciens suivaient le tambour, armés d'instruments impossibles : clarinette turque, hautbois primitif, mandoline à deux cordes ; ils faisaient une manière de bruit qui ne manquait ni de mesure ni d'accord, et dont les vibrations monotones avaient encore un certain cachet d'originalité.

Cette troupe s'avança d'un pas majestueux, et défila sans accélérer le mouvement, entre deux haies de burnous rouges, car les spahis s'étaient ouverts sur deux rangs pour la laisser passer. Chacun des acteurs était si sérieux dans son rôle bouffon, que les spectateurs cessèrent de rire en les regardant, et, cependant, les costumes prêtaient à l'hilarité. En tête du cortège,

---

(¹) *You you*, cri de joie et d'excitation que les femmes ettent aux joûteurs dans les exercices et les *fantasias*.

marchait un nègre, avons-nous dit, qui battait du tambour et jouait de la flûte. Celui-là portait, pour tout vêtement, une peau de jaguar, et pour coiffure un long bonnet décoré de petites plumes d'autruche. Après lui venaient, sur un même rang, un vieillard à longue barbe blanche, couvert des misérables habits du plus pauvre des pèlerins, et une jeune femme tenant par la main un diablotin coiffé d'une tête de bouc. La jeune femme était parée de colliers, de bracelets, d'anneaux flottans à ses chevilles; l'œil ardent, la lèvre dédaigneuse, le nez en l'air, la gorge à peu près nue, elle portait avec assez de grâce les grands plis de son ample haïck. Derrière ces trois personnages, marchait un véritable Arlequin, l'Arlequin classique du carnaval de Venise, avec la batte ou sabre de bois, le chapeau en papier peint, la veste et la culotte multicolores ([1]).

([1]) L'usage de cette mascarade est répandu dans tout le Sahara, et nous n'inventons rien en faisant apparaître l'Arlequin de la Comédie Italienne dans ces régions reculées et barbares. Comment expliquer le fait? Nous y renonçons. Les deys d'Alger, les beys de Tunis et de Tripoli avaient autrefois des relations très-suivies avec l'Italie qui leur fournissait beaucoup d'objets de luxe. Peut-être l'Arlequin du Sahara est-il arrivé en Afrique dans une cargaison du commerce. S'il en est ainsi, pourquoi ne le trouve-t-on ni à Alger, ni à Tunis? Pourquoi ne se montre-t-il que dans les oasis où les Turcs d'Alger n'ont, d'ailleurs, jamais installé leur pouvoir, ni même poussé des reconnaissances? Nous laissons à d'autres le soin d'éclaircir la question.

C'était l'homme que les spahis avaient pris pour
un *Biskri* coiffé d'un chapeau de général. L'Arlequin paraissait rêveur et attristé ; il regardait
alternativement, et d'un air jaloux, le vieillard et
la jeune femme ; quelquefois il se retournait
pour adresser un coup-d'œil, dont on ne pouvait
tout d'abord soupçonner l'intention, à une bande
de six comparses, hommes, femmes et enfants,
singulièrement accoutrés de peaux d'animaux et
complétant la mise en scène des comédiens ordinaires de Mgr le gouverneur de Laghouat.

Les spahis étaient muets d'émotion à la vue
de ce riche personnel. Ils admiraient, et ne se las-
saient pas de contempler, à la lueur des torches,
la désinvolture provocante de la jeune négresse,
la barbe blanche postiche du vieillard, — cette
barbe était faite avec une peau de mouton, —
le bel Arlequin noir aux dents crochues. — Debbah s'était chargé, on le sait, de représenter ce
personnage essentiel, — et enfin ce luxe d'animaux dont les dépouilles empruntées au désert
étaient, pour la plupart, inconnues aux pays des
moissons.

Dans une très-intéressante relation d'un voyage au pays
des Touareghs, M. l'interprète Bouderbah dit qu'il a vu, à
Maroc, la représentation d'une farce à peu près semblable,
également à l'époque de la veille du 1er de l'an. Ici, c'é-
tait un mannequin habillé à l'européenne qu'on promenait
à travers les rues avec des chants, et que, pour finir, on
jetait dans un grand feu. Les notables de la ville étaient
des premiers à prendre un rôle dans la mascarade.

Le conducteur de la troupe s'arrêta lorsqu'il eut traversé le front du camp. Alors, Arlequin fit un bond perpendiculaire, retomba sur
ses pieds, posa ses poignets nerveux sur la tête
du vieillard, et s'enleva de nouveau pour aller,
par une cabriole énorme rouler, au-devant de la
jeune femme.

Les cavaliers applaudirent à ce bel exploit
d'agilité. Le tambour précipita sa batterie, les autres instruments doublèrent le mouvement, et
comme la jeune négresse s'avançait pour tendre
la main à Arlequin, le vieillard agita sa redoutable barbe blanche, courut à elle, la retint et leva sur Debbah son long bâton de pèlerin. Debbah avait, depuis long-temps déjà, aperçu son
seigneur Ghrellab, mais il affectait de ne pas le
regarder. Toutefois, lorsqu'il se vit menacé par
le bâton du jaloux vieillard, il se mit à sauter
de côté et d'autre, pour éviter d'être frappé, et il
accompagna chacune de ses voltes de quelques
mots d'un langage inconnu même des musiciens.
Ces mots, prononcés du fond du gosier, ressem-
blaient à des cris sauvages; mais Ghrellab les
entendait et les comprenait à merveille. Son serviteur venait de lui dire dans la langue des
Touareghs:

— Près d'ici, au petit bois d'El-Biod, où
nous avons battu les Adjalètes, il y a huit
jours,... j'ai placé tes deux juments, Sada et Za-

yâ, que le vent ne suit pas à la course (¹). Si
tu connais le bois d'El-Biod, si tu le vois d'ici,
dans ta pensée, retourne sous ta tente, je vais
occuper et distraire tous ces chiens; tu feras un
signal quand tu seras libre.

Ghrellab se hâta de profiter de l'avis. Il se
serait rendu les yeux fermés au bois d'El-Biod,
et il le fit comprendre à son mekatib, en s'é-
criant :

— O vous bonnes gens du Tell, qui sem-
blez n'avoir rien vu, rien entendu d'agréable et
d'harmonieux, jouissez paisiblement du plaisir que
vous apportent ces baladins. Moi, qui suis dans
le malheur, je ne peux que souffrir à la vue des
réjouissances de mon pays, de mes oasis assises
dans des forêts de palmiers, de mes sables où
règnent les libres et les braves... Amusez-vous;
je vais, moi, essayer de dormir. Cependant, si
vous le désirez, et par reconnaissance des bons
traitements que je reçois dans votre camp, je
vous expliquerai les jeux de ces aimables comédiens.

— Oui, oui, crièrent tous les spectateurs.
Et d'abord, qu'a dit le Biskri ?

— Celui que vous appelez le Biskri et qui
porte un si charmant costume a parlé une lan-

(¹) Noms de deux juments célèbres du kalife Yoûcef, fils
d'Omar. *Sada* signifie rosée de la nuit, et *Zayâ*, veut
dire parée, embellie.

gue dont personne n'a le secret, pas même les
acteurs de la mascarade. Je ne saurais donc vous
apprendre ce qu'il a dit. Ce jeune homme à
jarrets d'acier est épris de la belle négresse que
vous voyez en puissance d'un mari vieux, affreux,
pauvre et fou de jalousie. Ce sont les mauvais
génie de l'Oued-Noun (pays de la sorcellerie) qui
ont fait ce mariage détestable dont vous voyez les
fruits dans ces diablotins à têtes de bouc et
queues de serpens. Mais les génies de l'Oued-
Noun n'ont pas le privilége d'affliger une femme
durant sa vie entière. Tant que leur victime est
mariée, elle ne vieillit pas, et, à la fin de l'année
qui a vu s'accomplir l'union conjugale, si un
jeune garçon réussit à se faire aimer de l'épouse du vieil homme à barbe blanche, il triomphe
de ses scrupules, la séduit et l'emporte. La lutte
est donc engagée entre le vieux et le jeune, qui
se disputent le cœur de la belle épouse, le premier au nom du devoir, l'autre au nom de l'a-
mour. Ils vont faire assaut de galanterie. Si le
jeune gagne du terrain, la bande des diables et
des animaux se tournera contre le vieux... Ré-
jouissez-vous, enfants, et faites l'aumône aux pauvres musiciens, je vous quitte à regret.

Ghrellab se dirigea vers la tente où on l'avait
conduit à son arrivée au camp. Le baron Arnold le suivit.

— Eh bien! lui dit Ghrellab, tu ne restes
pas à la fête?

— Ne suis-je pas ton gardien?

— Eh quoi! tu te priverais pour si peu d'un grand plaisir! Attache-moi par les pieds et les mains. D'ailleurs, ne sommes-nous pas tombés d'accord? Ne dois-tu pas me rendre ma liberté quand je t'aurai mis en présence du ravisseur de ta fille?

— Sans doute.

— Tu en fais serment?

— Oh! oui, et de grand cœur!

— Eh bien! moi je fais serment de ne réclamer ma liberté qu'alors. Je suis impatient de savoir jusqu'à quel point un fidèle musulman peut compter sur la parole d'un adorateur du bois.

— Non-seulement tu seras libre, mais je te couvrirai de richesses, et je t'envelopperai de mon amitié.

— Je n'ai que faire de tes richesses, et Dieu s'est mis entre nos cœurs; donc ton amitié n'est pour moi qu'un vain mot. Dans moins de huit jours, je peux te conduire au pays habité par ta fille. Dès demain, si tu le veux, nous nous mettrons en route. Mon burnous te servira de baraka (¹). Nul n'oserait méconnaître ce gage de ma protection. Mais c'est assez discourir... je voudrais goûter le sommeil qui vient à moi.

Ghrellab avisa un burnous rouge jeté dans un coin de la tente, et, sans se gêner, avec l'a-

----

(¹) *Baraka* (bénédiction).

plomb que déploient tous les Arabes pour se
mettre à leur aise, il roula ce vêtement sous sa
tête, en guise d'oreiller. Puis, il se retourna face
à la toile, et, au bout d'un moment sagement
calculé, il feignit de s'endormir d'un sommeil
léger d'abord, mais bientôt bruyant.

Arnold lui tourna le dos, et se tint en fac-
tion à l'entrée de la tente. La mascarade faisait
grand bruit au dehors, et de vigoureux éclats de
rice accompagnaient sur tous les tons les farces
d'Arlequin. Ghrellab profitait du tapage de la fête
et du bourdonnement de sa propre respiration,
pour creuser le sable à ses côtés ,de manière à
pratiquer une ouverture sous le bord de la toile
de la tente. Cette opération exigeait le plus
grand soin, car, si le baron l'eût surprise, c'en
était fait de la seule espérance que pouvait caresser le prisonnier.

Heureusement, le sable était abondant en cet
endroit, et Ghrellab y fouillait avec une patience
digne du rusé Debbah. Pour surcroît de bonheur,
l'officier français, commandant le détachement,
qui prenait, comme ses cavaliers, plaisir aux
amours d'Arlequin, s'approcha d'Arnold tout en
reculant devant les gambades des baladins.

— Ces gaillards-là ne vous amusent donc pas,
baron? dit-il à M. de Seelorf; pour vous qui
parlez l'arabe comme un marabout, le spectacle
est cependant curieux.

— A part l'étrangeté de la rencontre d'Ar-

lequin si loin de sa patrie, mon capitaine, j'avoue
que cette mascarade m'intéresse peu.

— Allons donc, misanthrope! répondit l'officier, venez m'expliquer...

Il n'eut pas le temps d'achever sa phrase.
Toute la bande venait de se précipiter sur les
traces d'Arlequin qui entraînait la négresse dans
la direction de la tente où était couché Ghrellab.
Debbah se laissa joindre par le vieillard et les
diables, puis, écartant violemment le capitaine et
le baron il se posta devant la porte de la tente
et fit tant de moulinets avec sa batte, tant de gri-
maces et de gestes extravagants, qu'il parvint à
faire reculer les assaillans et à garder seul la position aux grands applaudissements de ses admirateurs.

Le baron Arnold, lui-même, ne put s'em-
pêcher de rire, lorsqu'il vit le vieux rival d'Arlequin s'essayer à danser comme le jeune amou-
reux, et se livrer aux plus divertissantes contor-
sions pour charmer son infidèle moitié. Arlequin,
de son côté, s'appliquait tantôt à danser et gam-
bader pour son compte, tantôt à contrefaire le
vieil époux. Dans cette lutte, les joûteurs avan-
çaient, reculaient, se rapprochaient, se fuyaient.
La femme se pâmait, ou se défendait, ou faiblis-
sait, et l'intrépide Arlequin tenait toujours le
pas de la tente dont il écartait tout le monde
par ses bonds et ses singulières évolutions.

— As-tu profité de mon jeu? cria-t-il en

touaregh et s'adressant à Ghrellab : si tu n'es pas encore parti, dis-le moi.

Rien ne bougea sous la tente.

Alors, Arlequin poussa la cohue devant lui, et la conduisit jusqu'au front de bandière. Il se démena avec tant de joyeux entrain dans cette partie de son rôle, que chacun le suivit pour ne perdre aucun de ses gestes, aucune de ses gambades. Le baron fut entraîné par le capitaine, qui le tenait bras dessus bras dessous. La scène de l'achoura changea brusquement. Tous les personnages, tous les diables de la mascarade passèrent du côté d'Arlequin, et le pauvre vieux mari, bafoué par ceux qui l'avaient jusqu'alors soutenu, se mit à fondre en larmes. Sa femme, peu sensible à son désespoir, s'avança de quelques pas vers Arlequin. Au même instant, un chacal fit entendre près du bois d'El-Biod un glapissement aigu. C'était le signal qu'attendait Debbah. Sans perdre une minute, il se précipita sur la négresse, la chargea sur ses épaules et l'emporta en courant avec une telle vitesse, que les spahis lancés à sa poursuite, et riant aux éclats, ne purent pas le joindre.

Après avoir fait environ deux cents pas, le vaillant Arlequin déposa son fardeau sur le sable, et disant :

— J'ai fini... je pars ; amuse-les en les détournant d'el-Biod.

III

Il reprit sa course et disparut dans les ténèbres.

— T'ai-je bien servi? demanda le mekatib à son seigneur Ghrellab, qu'il trouva sur le dos de sa jument favorite, et prêt au départ.

— Oui, merci, tu es un homme, un véritable fils du prophète... dépêche-toi de sauter à cheval... j'ai soif d'air, de liberté, de carnage...

— Suis-je libre, moi? t'ai-je délivré cette nuit de ton ennemi mortel?

— Non... mon ennemi n'est pas mort. Tu as tout fait pour ma gloire et rien encore pour ma vengeance. Suis-moi... tes jours seront fortunés, ô Debbah! J'en jure par les crins de mes chevaux, ta délivrance sera prochaine, et tu t'en réjouiras d'autant plus que mon ennemi sera le tien, s'il plaît à Dieu.

— Oh! murmura le mekatib: vienne donc ce jour terrible et doux. J'ai, quand j'y songe, des flots de sang sur les lèvres.

Les cris. „Vite à cheval! à cheval!" se firent entendre au bivouac des spahis.

— Essayez donc de suivre les filles de l'air avec vos ânes et vos mulets, dit Ghrellab en se lançant bride abattue vers Laghouat... allons, Debbah, mon vaillant cavalier, ajouta-t-il, en se tournant vers le mekatib: rugis trois fois, pour leur annoncer que le lion a retrouvé ses griffes, ses dents et son désert.

Trois rugissements formidables éclatèrent dans la direction de Laghouat. La brise que fendaient Ghrellab et son serviteur apporta ce sinistre et fier défi au baron Arnold, qui courait, suivi de quelques spahis, à la recherche de son prisonnier.

— Ce serait folie d'aller plus loin, dit l'un des cavaliers: l'homme au lion n'est pas un homme, c'est un démon qui se rit de nous.

— Pauvre Thérèse! murmura le baron. Malgré nos larmes et nos prières, Dieu n'est pas encore avec nous. — Rentrons! s'écria-t-il en tournant bride: les fuyards sont déjà trop loin.

IX

Deux heures avant le jour, les spahis abattirent leurs tentes pour se conformer à l'ordre qu'ils avaient reçu de rallier la colonne principale. Arnold se rendit à l'ambulance, et Pompidou lui cria du plus loin qu'il le vit:

— Vous arrivez à point, Monsieur le baron, et si je n'avais pas craint d'interrompre votre sommeil, je vous aurais fait appeler cette nuit.

— Je n'ai guère dormi, mon garçon, et vous avez eu tort de vous gêner. Puis-je vous être utile? et d'abord comment va l'épaule?

— L'épaule se tirera d'affaire; mais, on vous l'a dit, ce sera long, et j'en enrage d'autant plus que je tenais fort à ne pas vous quitter en ce moment.

— Pourquoi donc?

— Ah! dam, c'est une idée que mon esprit n'a pas encore bien définie, mais qui a son mérite tout de même. Vous savez si j'ai la mémoire des noms et des visages, vous le savez, n'est-ce pas?

— Oui, sans doute, une mémoire prodigieuse.

— C'est-à-dire, mon cher maître, que si je revoyais Mamz'elle Madeleine, je la reconnaîtrais, si noire que le soleil ait pu la faire depuis quinze ans que vous l'avez perdue... Histoire de rire, tout de même... vous comprenez.

Où en voulez-vous venir, mon pauvre Pompidou?

— A vous affirmer que nous ne tarderons pas à la rencontrer c'te belle fillette.

— Comment vous vient cette espérance?

— Monsieur le baron, faites-moi le plaisir, sans vous commander, de m'amener le Bédouin que nous avons ramassé hier au soir, et qui m'a mis une patte hors de service. Ce gaillard me trotte depuis six heures d'horloge par la tête.

— Expliquez-vous.

— Voilà. Quand le major a eu fini de farfouiller dans mon épaule et de me tripoter à volonté, je me suis senti calme et j'ai essayé de

dormir. Tout à coup je me suis réveillé en sursaut ; on aurait dit qu'un scorpion ou qu'une
vipère à cornes — et il n'en manque pas dans
ce satané pays — venait de me piquer la cervelle. Ce n'était ni un scorpion, ni une vipère...
Savez-vous ce que c'était ?

— Non.

— Eh bien ! parole d'honneur, ni moi non
plus ; mais, pour sûr, ma cervelle avait été mor-
due par un souvenir étrange que je définissais
les yeux fermés, que je ne saisissais plus les
yeux ouverts. Pour sûr, il s'agissait de vous, de
Mme Thérèse, de la pauvre chère petite Mam'zelle
Madeleine et des sacripans qui vous l'ont volée.
Je les voyais ces deux scélérats, — le baron
Walter et le mendiant Klein ; — ils étaient ha-
billés de burnous noirs et de bournous blancs,
comme sur la route de Blidah, le jour que je
leur ai échappé. Ils me parlaient, les gueux ! et,
voilà l'important de la chose — le son de l'une
de ces deux voix résonnait à mon oreille comme
la voix du faquin que nous avons pris hier. Mon
imagination a bâti, sans s'arrêter, sur cette idée,
un gros tas de possibilités plus ou moins pro-
bables. Je n'ai pas vu notre Bédouin, il faisait
noir dans la plaine comme dans un four ; mais
sa silhouette m'est revenue, et je l'ai entendu
parler... Vous comprenez qu'il n'en faut pas plus
à Jean Pompidou pour le mettre sur ses gardes... Amenez-moi ce gaillard-là, et vous verrez

que je l'appellerai, en face, Walter de Seelorf ou
Francis Klein...

— Rêve creux, mon ami ; je connais assez
Walter pour qu'un déguisement ne puisse pas le
dérober à ma haine, à mes recherches.

— Bah ! vous le connaissez si peu, que vous
vous êtes trouvé côte à côte avec lui, à la Treib,
chez le père Mesmer, que Dieu bénisse ! sans
penser à lui plus qu'au grand Turc.

— Oui ; mais depuis lors, dans mes veilles
et dans mes rêves, mes yeux ne voient que cet
homme maudit...

— Enfin, amenez-moi toujours le prisonnier...
je tiens à ne m'en rapporter qu'à moi.

— Hélas ! fit le baron, ce prisonnier est libre...

— Vous l'avez relâché ! s'écria Pompidou.

— Il s'est sauvé.

— Ah ! miséricorde ! Et comment n'avez-vous
pas pris plus de précautions ?

Arnold raconta tout ce qui s'était passé dans
la nuit.

— Et vous n'avez pas deviné tout d'abord,
interrompit Pompidou, que ces rugissements lointains donnaient un signal quelconque à votre prisonnier ; que cette mascarade était destinée à favoriser l'évasion ?...

— Je n'ai rien deviné, mais l'évènement m'a
tout expliqué...

— Finalement, comment ce coquin a-t-il pu
sortir de la tente dont vous gardiez l'entrée ?

— Il a déployé toute la ruse d'un sauvage,
et l'excès de son audacieuse adresse m'est une
preuve de ton erreur lorsque tu penches à croire
que ce cavalier s'appelle Walter ou Klein. Je l'ai
vu se coucher au fond de la tente, et poser sa
tête sur le burnous de l'un de nos spahis : il a
pu, sans se trahir, déchausser la toile, creuser,
avec ses ongles, une large trou dans le sable...

— Eh! pardine! ça n'était pas malin, triple
Dieu! Les fourmis font des citernes dans le sable,
un homme peut bien y faire un trou.

— C'est juste, mais il aurait fallu s'aviser de
cette facilité... On ne peut pas tout prévoir...
moi surtout, mon Dieu, moi surtout! pourquoi
diable t'es-tu fait casser une épaule?...

— C'est vrai, Monsieur le baron, c'est vrai,
répondit le Gascon, ému du chagrin de son noble
et bon maître, c'est moi qui suis le coupable.
Je fais plus d'étourderies et de bêtises en un instant qu'un prêtre n'en bénirait en un jour. Si
je ne m'étais pas fait casser une aile, tout ça ne
serait pas arrivé, c'est sûr... Bref, après qu'il a
eu fait son trou, le gredin?

— Il a profité d'un grand tumulte causé par
les pasquinades des masques de l'achoura, pour
se revêtir du burnous rouge caché sous sa tête,
et il est sorti de la tente librement. Nos cavaliers l'auront pris pour un des leurs. Il a gagné,
sans doute, un poste où l'Arlequin de la troupe

lui avait amené des chevaux, et, tous deux sont partis ventre à terre...

— Mais l'Arlequin, comment l'avez vous laissé disparaître ?

— Je n'en sais rien. J'étais distrait par le capitaine, je n'ai rien vu. La fête de l'achoura était terminée, les comédiens ramassaient paisiblement leur salaire, lorsque je me suis aperçu de la fuite de mon prisonnier. Nous avons galopé à sa poursuite, et, comme pour nous braver, il nous a jeté ces mêmes rugissements...

— Très-bien, interrompit Pompidou; voilà un défi en bonne forme... C'est finement joué, tout cela, mon cher maître; si bien joué, qu'à mon sens les Arabes de ces contrées sont plus fins et plus malins que dans les trois provinces. Allons! il faut recommencer la besogne, et ne pas se décourager. Je commence à croire que mon rêve de cette nuit, mon oreille, ma mémoire et mon imagination ont battu la breloque. Le prisonnier était un Arabe tout de bon, un Arabe pur sang... Jamais chrétien n'aurait eu l'esprit et le toupet de se tirer d'affaire de cette belle façon.

L'entretien du baron et de son fidèle compagnon fut interrompu par le service de l'ambulance qui, lui aussi, pliait bagage. La petite colonne se mit en marche et arriva d'assez bonne heure au bivouac du corps de troupes qui avait opéré directement sur le goum du chérif, lui avait tué quelques hommes et arraché un gros butin.

A peine installé dans ce nouveau camp, Arnold apprit qu'on envoyait un escadron de chasseurs sous Laghouat, pour reconnaître un parti de cavaliers qu'on supposait venir du Sud avec l'intention de pénétrer dans la place. Nos chasseurs chargés de cette reconnaissance avaient ordre de barrer le chemin à l'ennemi, de l'attaquer et de le disperser s'il n'était pas en forces par trop considérables ; dans le cas contraire, ils devaient se borner à l'observer.

Le baron d'Amstadt sauta vite à cheval, et, jouissant de la permission qu'il avait de suivre tous les mouvements de nos troupes, il prit place dans l'avant-garde que l'escadron détacha au loin pour s'éclairer.

La distance fut bientôt franchie, et nos chasseurs se virent en présence d'un goum considérable où ils remarquèrent grand nombre de beaux cavaliers superbement montés. Contrairement à l'usage, les Arabes se bornèrent à caracoler hors de portée du fusil, et ne firent aucune décharge de leurs armes. Les chasseurs habitués aux ruses d'un ennemi dont il faut toujours se défier, ne voulurent s'engager résolument qu'après avoir étudié le terrain. Les Arabes se retiraient lentement devant nous, et semblaient vouloir nous entraîner dans quelque embuscade. Nos cavaliers les poussaient, espérant les jeter sur un vaste

plateau où toute surprise eût été impossible, et
ils paraissaient prendre cette direction, lorsqu'un
des leurs arriva sur nous, au pas, en agitant un
petit drapeau blanc au bout de son fusil.

C'était un parlementaire, et Arnold ne tarda
pas à reconnaître, sous le haïck du guerrier, l'Arlequin de l'Achoura. Debbah se présenta fièrement au chef de nos tirailleurs, et il regarda le
baron avec une dédaigneuse indifférence. Arnold
se serait élancé sur le mekatib, si le respect qu'il
devait à notre uniforme ne lui eût pas imposé
le cruel devoir d'écouter patiemment le parlementaire.

— Que nous veux-tu? demanda l'officier.

— *Carta* (¹), répondit le nègre en tirant de
sa cartouchière une lettre très-convenablement
pliée. Puis, il fit exécuter à son cheval une gracieuse courbette, et vint tendre le papier d'une
main ferme.

— Attends la réponse, dit l'officier, qui, se
tournant vers Arnold, le chargea d'aller porter
la missive au capitaine commandant.

Le baron partit au galop, et, frémissant d'espoir, il aborda le capitaine.

L'histoire des Seelorf et de l'enlèvement de
Madeleine était connue de tous les officiers de
l'armée où chacun s'intéressait aux infortunes de
cette noble famille.

(¹) Mot du patois mauresque employé par tous les Arabes pour désigner qu'ils sont porteurs d'une dépêche.

— Lisez vite, capitaine, dit Arnold, peut-être —
et j'ai lieu de l'espérer — cette dépêche me con-
cernera-t-elle.

— En effet, Monsieur, la dépêche est entièrement pour vous, répondit le capitaine, après avoir
déchiré une première enveloppe; tenez, lisez.

Le baron prit la lettre, qui portait, en allemand cette suscription:

„A monsieur le baron Arnold de Seelorf d'Amstadt, volontaire au service de France, sous Laghouat.“

— Il est assez étrange qu'on nous parle allemand dans le Sahara, reprit le capitaine, pour
que j'en puisse bien augurer... Ouvrez donc vite
ce mystérieux billet.

Dans son émotion, Arnold brisa le pli et lut
à demi-voix:

„Vous m'avez pris pour un Arabe menteur
et sans foi, Monsieur le baron d'Amstadt; en apparence, rien de plus vrai; au fond, rien de plus
faux. Jugez-en: Vous m'aviez dit que je serais
libre dès que je vous aurais mis en présence du
ravisseur de votre fille. C'était me donner ma liberté, car ce ravisseur, c'est moi, Francis Klein,
votre bien obligé.

„En échange de la générosité que vous m'avez
témoignée, je vous dois un bon office. Généreux
autant que vous, permettez que je m'acquitte en
vous causant une joie sans bornes: votre fille
Madeleine est le plus bel ornement du désert où

les splendeurs de la création naissent toutes du
miracle. Votre Madeleine jouit d'une santé qu'on
dirait inaltérable, tant la jeunesse, la vie, la grâce,
la noblesse et la vertu s'unissent en un chaste
mélange sur son front, sur ses joues, dans son
sourire et ses chansons : elle est heureuse, et
moi, Monsieur le baron, par Jupiter! je suis bien
plus heureux qu'elle, car, dans quelques semaines,
elle sera ma femme...

„Amusez-vous à prendre Laghouat. L'amuse-
ment vous coûtera cher et ne vous rapportera
rien, à vous personnellement, car ma fiancée, mon
futur beau-père et moi, nous ne sommes pas
simples au point de nous loger dans des souri-
cières.‟

— N'allons-nous pas charger ces gens-là, capitaine? demanda le baron les lèvres pâles, le
cœur brûlant et les mains frémissantes.

— Donnons-nous ce plaisir, répondit en souriant le capitaine, mais ce ne sera qu'une course
au clocher où nos chevaux, déjà fatigués outre
mesure, seront battus sans le moindre profit.

Arnold n'avait pas attendu la fin de la phrase
pour se précipiter du côté des tirailleurs. Lorsqu'il arriva près de l'officier qu'il avait laissé
avec le parlementaire, il lui dit:

— Nous chargeons! nous chargeons!

— Il n'est plus temps, répondit l'officier, les
coquins savent leur métier... ils ont, prudemment, pris le large.

— Mais le parlementaire ?

— Le gaillard est trop bien monté pour avoir peur de nous... Voyez comme il nous nargue...

— Je vais toujours...

— Où allez-vous, Monsieur, s'écria l'officier en retenant Arnold : songez que ce cavalier est sous ma sauve-garde.

— C'est vrai ! murmura le baron... c'est vrai... pardonnez... je suis si malheureux !

Debbah, quoique fixé sur l'extrême vitesse de son cheval, n'avait rien négligé pour assurer sa retraite. Feignant de caracoler, par gloriole, aux yeux de nos chasseurs d'Afrique, il s'était écarté de quelques pas, avait pris le galop sur un cercle élargi par degrés, et s'était déjà mis à grande portée de pistolet, lorsqu'Arnold avait rejoint les tirailleurs. L'instinct du vaillant nègre le prévint de la résolution prise par le capitaine de donner la chasse aux cavaliers du goum, et, sans attendre que nos trompettes eussent sonné le galop, il s'élança par une demi-douzaine de pointes magnifiques ; se pencha sur l'encolure de son cheval, et partit à fond de train, en faisant tournoyer son long fusil sur sa tête, comme pour une fantasia.

Ce fut en vain que les chasseurs poussèrent leur charge. Les cavaliers du goum disparurent derrière le premier des grands rideaux qui masquent, à l'est, l'oasis de Laghouat, et lorsque nos meilleurs chevaux arrivèrent dans les parages des jardins, ils

furent accueillis par un feu de mousqueterie dirigé par des mains invisibles.

Le capitaine fit sonner le ralliement pour ne
pas exposer sa troupe à une fusillade à laquelle
il ne pouvait pas répondre. Le baron Arnold,
entraîné par son ardeur, continua de galoper pendant quelque temps encore, mais il sut se résigner et battit en retraite, le cœur gonflé de
rage, l'œil égaré dans la vaste plaine où il s'efforçait en vain de découvrir les traces du ravisseur de Madeleine.

Dans la soirée du même jour, Pompidou disait au baron :

— Eh bien! mon cher maître, étais-je sourd,
aveugle et sans mémoire, quand je croyais avoir
reconnu l'un de nos brigands rien que de l'avoir
entendu parler?... Allons, allons! n'allez-vous
pas faiblir!... Double Dieu! pensez à Mme Thérèse, et que son courage vous donne du cœur
au ventre. La pauvre sainte femme a fait une
maladie terrible, il y a de ça quinze ans; elle
se mourait tant qu'elle croyait sa fille morte;
mais du jour où je lui ai porté la grande nouvelle, la bonne nouvelle, elle s'est relevée de dessus
son lit funèbre comme un roseau couché par le
vent, et, depuis lors, jamais elle ne pleure, jamais elle ne se plaint, toujours elle travaille à
ressaisir son enfant, sa joie, sa vie... Quelle
femme! triple Dieu! quelle femme! et vous auriez
moins d'énergie qu'elle, vous un homme de fer

et de bronze, vous brave comme un César ! je voudrais bien voir ça ! Votre fille est de ce monde ; elle est belle, pure, adorable comme sa mère, et, au lieu de vous réjouir, voilà que vous me regardez avec des yeux où il y a plus de larmes que d'espoir... Prenez garde d'être injuste, d'être ingrat envers la Providence...

— Mais, interrompit Arnold, l'insolence de ce misérable Klein, de cet exécrable bandit, m'a terrassé. Plus ma fille est belle, plus elle est menacée.

— Laissez-donc ! les femmes n'ont besoin de personne pour se défendre ; elles ont bec et ongles, et si le bandit Klein ne plaît pas à notre demoiselle — ce qui est probable, vu la différence des deux âges — elle saura bien le tenir à distance.

— Ne sais-tu donc pas que les jeunes filles arabes ne sont jamais consultées lorsqu'il s'agit de les unir ? Le père vend, le mari achète, la femme est une chose qui se paie d'autant plus cher que sa famille paternelle est puissante.

— Connu ! s'écria Pompidou : c'est du trafic absolument comme chez nous en Europe, et s'il y a une légère différence, elle est en faveur du Bédouin ; car, en Europe, ce sont les hommes qui souvent se vendent aux héritières. De telle sorte que les femmes laides, mais riches, choisissent dans le tas, et que les femmes belles et bonnes, mais pauvres, montent en graine. Je préfère, sous ce rapport, le Koran au Code Napoléon. Mais revenons à Mademoiselle, et permettez à l'ignorant, mais zélé Pompidou de vous prédire que si votre fille a été élevée avec soin par votre cousin Walter, c'est que le mauvais garnement a voué une vive tendresse à sa victime, en dépit de sa méchanceté. Or, comment concilier les fiançailles de Mlle Madeleine et de Francis Klein si le baron Walter aime votre fille ? J'ai pour habitude de ne pas admettre la possibilité de ce que je ne comprends pas.... Croyez-moi, rapportez-vous en à mon flair de renard ; je parierais ma tête que Mlle Madeleine déteste Klein instinctivement, et que Klein s'est vanté pour vous faire pièce.

Arnold tendit la main à Pompidou et lui dit, les yeux brillants de joie :

— Tu as le pouvoir de me ranimer, mon ami, ta sagesse égale ton courage qui est au niveau de ton dévoûment. Comment reconnaîtrai-je tes précieux services ?

— Je vais vous le dire. Tutoyez-moi toujours dorénavant, puisque vous en prenez quelquefois la fantaisie.

— De grand cœur, répondit Arnold. Allons, mon brave, tâche de sortir bientôt de l'ambulance ; sans toi, je ne sais que devenir. Je te quitte pour profiter du courrier qu'on expédie à Alger. Je vais écrire à la baronne. Faut-il tout lui dire ?

— Je crois bien! lui cacher quelque chose serait l'offenser cruellement.

Pendant la nuit, la colonne expéditionnaire partie de Djelfa reçut ordre de se tenir prête à marcher dès le réveil. Avant de dire quelles étaient les intentions du général commandant cette colonne, nous devons rentrer dans Laghouat pour y surprendre les dispositions de l'ennemi, et pour savoir, en même temps, si Ghrellab avait dit vrai en annonçant qu'on ne le trouverait pas dans l'oasis après l'avoir emportée de vive force.

———

X

L'oasis de Laghouat est située, avons-nous dit, sur la rive de l'Oued-Djeddi, à cent dix lieues environ d'Alger, à pareille distance de l'oasis de Ouargla, qui confine au grand désert. Notre domination actuelle s'étendant sur les peuplades sahariennes jusqu'à Ouargla vers le sud, Laghouat se trouve au centre du pays où nous cherchions à asseoir, en 1852, notre autorité.

Cette considération, appuyée d'ailleurs de raisons importantes pour la plupart, explique suffisamment la politique du gouverneur général, qui, pour en finir avec les excursions continuelles des

III   6

Sahariens sur le territoire de nos alliés, ordonna l'expédition de Laghouat et fit décider l'occupation permanente de la ville de ce nom. L'oasis que nous nous disposions à attaquer est, en toute saison, arrosée par des eaux limpides et abondantes, d'autant plus appréciées que le pays environnant est aride et désolé. Au point de vue stratégique, — dans ces régions où l'eau est si rare qu'elle gouverne tous les itinéraires, — Laghouat se trouve sur la ligne d'eau principale qui se dirige du nord au sud (¹). Cette ville est donc le gîte d'étape obligé de toutes les caravanes, et elle sert d'entrepôt aux tribus nomades qui trafiquent sur tout le parcours du commerce indigène (²).

(¹) L'oued Zeghr'ir et l'oued N'ça prennent naissance à quelques lieues au sud-est de la ville. Sous peine de mourir de soif, il faut absolument suivre leurs vallées pour se rendre de la province d'Alger dans la confédération des Beni-M'zabs (vers Ouargla), et dans les oasis les plus reculées.

(²) C'est, dès-lors, une excellente position pour protéger le négoce, pour assurer la sécurité des communications, et imprimer l'essor d'une prospérité qui doit rendre à cette oasis la splendeur dont elle a joui dans un autre âge. Ces considérations ne frappaient pas également tous les esprits au début de l'expédition dirigée sur Laghouat. Immédiatement après la prise de la ville, on hésitait encore à prendre l'un des deux partis qui s'offraient à la victoire. L'ignorance des lieux et des affaires de cette contrée ne laissait voir au plus grand nombre, dans le projet d'occuper cette oasis, qu'un regrettable éparpillement de nos forces et qu'un danger pour la troupe chargée d'y tenir garnison si loin de nos postes du Tell. Aussi penchait-on pour la destruc-

La ville s'élève en double amphithéâtre sur les pentes de deux mamelons se faisant face à l'est et à l'ouest. Des jardins plantés de forts arbustes coupés par des haies impénétrables de cactus et de bruyères, offrent aux habitants de délicieux abris contre le soleil et font à l'oasis un rempart de feuillage, d'épines et de fleurs, où l'ennemi le plus audacieux ne saurait pénétrer sans payer cher ses premiers pas. Deux cent mille pieds de palmiers, au moins, forment, au nord et au sud, des groupes de verdure qui apparaissent comme de splendides bouquets à la ceinture de la blanche cité. Quand la brise passe sur les maisons de l'oasis, elle y apporte le frémissement des branches de cet arbre chargé de la manne du désert, arbre poétique entre tous, par la grâce de sa flèche, la saveur de son fruit, son élévation

tion de Laghouat, dont les ruines devaient épouvanter jusqu'aux générations futures. Mieux renseigné que personne, parfaitement au courant des relations des populations sahariennes et des lieux autour desquels gravitent leurs intérêts, le gouverneur général comprit tous les avantages de cette position stratégique. Il ne lui échappa point que les *Oulad-Nayls* et les *Larbâa*, qui sont les deux plus puissantes tribus de ces régions, se trouveraient entre deux feux, puisque leur territoire s'étend entre le Tell et Laghouat; que de là soumission parfaite de ces turbulentes peuplades dépendrait la pacification de tout le pays méridional, et il n'hésita pas à faire adopter son opinion formulée par un projet d'occupation permanente; sage décision qui a conservé, au grand honneur de la morale et de la logique, une riche capitale au Sahara algérien.

6*

majestueuse et l'hospitalité qu'il offre aux voyageurs égarés. Il faut avoir marché longtemps à l'aventure dans les sables, il faut avoir souffert de la soif et d'une implacable chaleur, pour bien comprendre la joie que fait naître l'aspect lointain des palmiers de l'oasis. Dieu, dont la bienfaisante sagesse a tout prévu, a voulu que le palmier s'élevât fièrement dans les airs pour que son dôme de verdure pût signaler, à d'énormes distances, la présence de l'homme à l'homme perdu dans le désert. Partout où murit la datte, un filet d'eau murmure, et partout où est l'eau, l'homme arrive, à la hâte, pour accomplir l'un des desseins du créateur.

En 1852, Lagouat mal bâtie, comme toutes les bourgades arabes, ne possédait que quelques maisons d'assez bonne apparence, entre autres la casbah, ou château-fort, grand bâtiment élevé par des ouvriers européens pour le gourverneur de la ville (1).

Lorsque les habitants de Laghouat jetèrent résolument le masque pour embrasser, contre nous, le parti du chérif Abd-Allah, ils mirent en fuite le représentant de notre autorité, et le chérif, délogé de son camp par nos troupes, vint s'installer dans la casbah avec les principaux chefs attachés à sa fortune.

(1) Depuis notre prise de possession, et surtout depuis le commandement de M. Margueritte, la ville a pris un bel aspect, qui en fait une cité riche, originale et charmante.

Ce chérif a joué un rôle trop important dans le Sahara, à l'époque des troubles dont il fut le grand agitateur ; il offre, dans sa personne, un type trop vrai du fanatique ardent, ambitieux et opiniâtre pour que nous n'en parlions pas avec quelque soin, dans ce livre où nous nous appliquons à étudier les mœurs du peuple arabe.

Vers l'année 1841, un puissant personnage de la tribu des *Hachems* (province d'Oran), nommé Muley-Chibr-Ben-Ali, s'avisa de vouloir renverser le pouvoir du khalifa qui gouvernait à Tlemcen pour l'émir Abd-el-Kader. Ne se sentant pas assez fort par lui-même, et n'osant pas se poser ouvertement en compétiteur du khalifa, il imagina d'employer un homme revêtu d'un grand prestige religieux, capable, dès-lors, de fanatiser tout un parti, mais en même temps d'une valeur personnelle assez insignifiante pour ne porter aucun ombrage à l'ambition qui le produirait et le ferait agir. Cet acteur — dupe destiné à duper l'ignorance crédule d'un peuple porté au merveilleux, — n'était pas facile à trouver. Cependant Ben-Ali le rencontra dans une petite et pauvre tribu campée à l'embouchure de la Tafna. Là, vivait un malheureux maître d'école qui ne s'était fait remarquer, jusqu'alors, que par les pratiques d'une dévotion exagérée. Tous les vendredis, depuis plusieurs années, il allait nu-pieds en pèlerinage au tombeau de Bou-Meddinn, près de Tlemcen, faisait ainsi plus de

douze lieues pour passer une nuit en prières,
et revenait sous sa tente misérable, que sa fer-
vente piété entourait d'admirateurs.

Il ne fut pas impossible de prouver à ce fanatique que le ciel l'appelait à de hautes destinées.
Ben-Ali le fit caresser et endoctriner à tel point
qu'il se mit bientôt à courir de tribus en tribus,
annonçant et prêchant sa prochaine élévation.

C'était un homme de trente ans environ,
haut de taille mais légèrement voûté. Les veilles
de l'ambition et de la vie ascétique avaient laissé
des traces profondes sur son visage pâle et
maigre qu'éclairaient deux yeux noirs pleins de
feu. Sa parole brève et sentencieuse, son main-
tien toujours sévère, sa démarche lente et me-
surée devaient imposer le respect, la crainte et
l'obéissance aux esprits naïfs qu'il s'agissait de
gagner à sa cause.

Le khalifa de Tlemcen (¹) eut promptement
connaissance des menées de Mohammed-Abd-Al-
lah, tel était le nom du dangereux illuminé. En
Afrique, et dans tout pays musulman, la classe
pauvre est, seule, sincère dans sa foi religieuse.
Les chefs, les riches, les gens éclairés sont,
sauf de rares exceptions, surtout dans le Sahara,
— plus hypocrites que croyants. La piété est
un moyen à l'usage des ambitieux sans nombre

(¹) Bou-Hameidi, l'un des plus célèbres compagnons de
fortune d'Abd-el-Kader.

pour l'exploitation de la crédulité publique. Tout se fait au nom du Dieu très-haut, très-fort, savant et sage, et quiconque veut monter sur la scène politique — de si bas qu'il parte — doit se dire inspiré, se donner pour chérif, c'est-à-dire pour l'un des descendants des premiers successeurs du prophète.

Le khalifa de Tlemcen n'était pas homme à se laisser renverser aisément. Il mit tous ses soins à se défaire d'Abd-Allah pendant que sa réputation grandissait; mais ses affidés, ses espions, ses créatures échouèrent dans toutes leurs tentatives. Guidé par Ben-Ali, Abd-Allah offrit ses services aux Français, et il les fit si bien valoir, que nous convînmes d'un rendez-vous pour traiter avec lui. Abd-Allah ne vint pas à ce rendez-vous. Surpris en chemin par le khalifa de Tlemcen, il perdit, dans une action assez chaude, ses drapeaux, ses troupeaux et bon nombre de ses partisans. Lui-même n'échappa à son redoutable ennemi qu'en se réfugiant dans les montagnes du Trazas d'où il sortit peu de jours après pour se joindre à nous.

Ben-Ali s'était bien trompé sur le compte du maître d'école. Abd-Allah prit au sérieux son importance, et usa, pour son propre compte, de toute l'influence que son protecteur intéressé lui avait facilitée. Nous acceptâmes ses services, et lorsque nous eûmes repris Tlemcen sur Abd-el-Kader, il fut notre khalifa dans cette ville. Installé dans ce poste, et décoré d'un titre important, l'audacieux marabout ne donna plus que des preuves de mollesse, de pusillanimité et même d'incapacité. Il se fit battre avec ses cavaliers par Abd-el-Kader, et se borna très-prudemment à percevoir l'impôt et à vivre des émoluments de sa charge. Nos chefs indigènes nous ont maintes fois donné le spectacle de ces sortes de défaillances morales et intellectuelles qui brusquement les transformaient du tout au tout. Braves et intelligents lorsqu'ils nous font la guerre, ils se montrent trop souvent mous, craintifs, incapables, lorsqu'ils combattent sous nos drapeaux.

Abd-Allah était devenu trop ambitieux pour se contenter longtemps d'une vie obscure autant qu'oisive aux yeux de ses coréligionnaires. Honteux du peu de considération dont il jouissait parmi nous et les siens, il se démit de ses fonctions et partit pour la Mecque en pèlerinage.

Ici, et pendant quelque temps, nous perdons les traces du marabout. La date précise de son retour en Algérie n'est pas connue. On sait, seulement, qu'il revint, par terre, de l'Égypte, et qu'après avoir erré dans la régence de Tunis (¹), il apparut, vers 1848, à Rouissat, près de la grande oasis de Ouargla; il se présenta cou-

(¹) Il vécut là dans l'intimité d'un homme fameux, par ses lumières, dans tout l'Orient, *El Hadj Snoursi.* Ce marabout, originaire du Maroc, a été l'instigateur des insurrections du Sud. On pense que Mohammed-Ben-Abd-Allah n'était que son agent.

vert de haillons, et le bâton de pèlerin à la main, devant l'habitation qu'occupait une femme, objet de la vénération publique, en ce que, maraboute d'un grand zèle, elle avait visité deux fois Médine et la Mecque et faisait, disait-on, des miracles. Abd-Allah était adressé à cette femme par le conseil supérieur qui réside à la Mecque et dirige toutes les affaires religieuses des pays musulmans (¹); il en fut donc bien accueilli. Gagner sa confiance, la dominer et s'élever par elle, en se faisant prôner par sa voix, tel fut le plan adopté et suivi, avec succès, par le futur agitateur de tout le sud algérien.

Ce fut ainsi que se répandit une prédiction faite par la maraboute devant une nombreuse assistance: „Le chérif Mohammed-ben-Abd-Allah sera le sultan du désert et l'effroi des chrétiens.“

Les évènements qui suivirent, ceux surtout qui se passèrent à la fin de 1852, époque où nous transportons le lecteur, semblèrent donner raison à la sainte femme, et, dans tous les cas, convainquirent les populations sahariennes.

Abd-Allah s'était fait bâtir un château (*ksar*) aux portes de l'oasis de Ouargla, où il comman-

---

(¹) Ce conseil supérieur, composé d'une quinzaine de membres, fonctionne d'une manière occulte, mais avec une autorité qui se fait sentir du cœur aux extrémités des possessions musulmanes. Il a des affiliés et des correspondants dans toutes les régions où le Koran fait loi, et ses décisions ne fléchissent devant aucun contrôle.

dait en maître, et son influence s'étendit rapidement sur près de trois cents lieues de pays,
où il s'attacha des partisans exaltés, dangereux
par leur audace et leurs qualités guerrières. On
ne le désigna plus que par son titre de chérif
auquel on ajouta, pour le mieux distinguer, le
nom de l'oasis de Ouargla, capitale de son vaste empire.

Les principaux personnages de la noblesse
arabe se dévouèrent à sa fortune. Parmi eux,
le redoutable Naceur - ben - Chora, l'homme de
poudre par excellence, au dire de tous les braves
cavaliers, l'indomptable coupeur de routes, qui
entraîne toute sa tribu (les Larbâa) sous les drapeaux du chérif, et plusieurs autres que nous
rencontrerons bientôt en pénétrant au cœur des
évènements qui doivent étayer les fictions de notre
récit.

Nous n'avons pas cru pouvoir nous dispenser
de dessiner, avec vérité, la figure sérieuse d'un
homme dont le nom, à l'heure où nous écrivons,
n'est pas encore sans puissance dans tout le Djerid algérien (¹). Ce devoir rempli, nous revenons
à nos personnages, nous rentrons dans l'action
du drame combiné de l'histoire et du roman (²).

(¹) *Djerid* veut dire palme, branche de palmier, et,
par extension, pays où croît le palmier; sous entendu *belad*, pays.
(²) Nous devons la majeure partie des renseignements
fournis sur le chérif, à l'obligeance du général de division

Le chérif Ben-Abd-Allah avait réuni, au château où il s'était logé, les principaux chefs des
tribus et peuplades dévouées à sa cause. L'approche des Français, les pertes essuyées aux
combats d'El-Reg et de Maklouf offraient matière
à un très-sérieux examen de la situation, et l'habile agitateur se serait bien gardé de manquer
de déférence aux guerriers de son entourage en
ne les consultant pas, au moins pour la forme.

C'était donc un grand conseil que tenait le
chérif, moins d'une heure après son entrée à
Laghouat. On voyait là des hommes fameux par
des exploits que tous les *gouals* ou troubadours
avaient maintes fois chantés dans les veillées.
Les grandes familles sahariennes y étaient re-
présentées par des personnages connus, des frontières du Tell au Soudan, sur un parcours de
cinq cents lieues. C'étaient : Si-Mansour, le pieux,
le brave, le sage, ami intime du chérif; le farouche et intrépide Naceur-ben-Chora, signalé
par un coup de main récent ([1]); Naïmi-ben-
Bou-Becker, le noble et vaillant seigneur ([2]), et

Durrieu, qui a profondément exploré le Sahara, et rempli
plusieurs missions délicates avec un grand succès, selon
les vues du gouverneur général comte Randon.

([1]) Naceur-ben-Chora, fils du chef de la grande tribu
des Larbâa, se déclara pour le chérif, en 1851, après avoir
enlevé les armes et les chevaux de tout un détachement
de spahis. Caractère entreprenant, cavalier d'une bravoure
à toute épreuve, il jouissait d'une grande renommée.

([2]) Ce brillant cavalier était frère de Si-Hamza, notre

plusieurs autres guerriers appartenant aux villes de la confédération des Beni-Mzabs, aux Chambas nomades et à leurs rivaux les Touareghs blancs et les Touareghs noirs. Un homme manquait à cette réunion, et chacun paraissait s'inquiéter vivement de son absence, car il était, d'habitude, quoique détesté des chefs qui jalousaient sa renommée, l'âme de toutes les délibérations importantes. Mansour exprimait, ouvertement, l'émotion que lui causait la disparition de Ghrellab. Et en effet, si, comme l'affirmait l'un des cavaliers, revenu du combat de Maklouf, Ghrellab était tombé vivant entre les mains des Français, il était à craindre qu'on reconnût sa nationalité. Cette découverte pouvait mettre sur les traces du baron Walter de Seelorf et de la belle Madeleine d'Amstadt, et si les parents de Madeleine existaient encore, il y avait, évidemment, danger pour le ravisseur. Ce danger n'effrayait pas Walter quant à lui, mais il frissonnait de terreur en songeant, qu'à prix d'or, le baron Arnold, exploitant la vénalité arabe, pourrait arracher Madeleine de la profonde retraite où une féroce vengeance l'avait ensevelie vivante. Aussi,

allié, et aujourd'hui notre khalifa dans le Sud. Si-Hamza est le chef de l'une des plus illustres familles de l'Algérie. Il prendra, dans nos récits, la place qui convient à son rang, à ses belles qualités, aux éminents services qu'il nous a rendus. Son frère Naïmi quitta le chérif et se fit tuer bravement en combattant pour nous.

pendant la durée du conseil, Mansour ne prêta qu'une oreille et un esprit distraits à la discussion engagée par le chérif. Il se contenta, sans prendre la parole, d'appuyer de signes de tête les combinaisons d'Abd-Allah, et celui-ci, satisfait de l'approbation d'une intelligence qu'il savait supérieure à la sienne, fit aisément prévaloir sur tous les points son opinion. Il fut décidé qu'on se défendrait dans Laghouat, comme on s'était défendu dans Zaatcha (¹), jusqu'à la mort; que le parti de cavalerie resté dans la ville inquiéterait l'ennemi et serait appuyé par tous les hommes de pied embusqués dans les jardins; que, si le chérif et les défenseurs de l'oasis succombaient pour la gloire de Dieu, il descendrait certainement du ciel d'autres chefs qui continueraient la lutte dans les sables, où d'ailleurs les chrétiens n'oseraient jamais s'aventurer.

La séance du conseil allait être levée lorsqu'un reggab (courrier) des Oulad-Nayls entra précipitamment dans la salle, et remit une dépêche au chérif. Ben-Abd-Allah lut tout bas cette dépêche sans témoigner la moindre émotion, puis il la lut à voix haute: — „Je vous annonce, disait-

(¹) Zaatcha fut défendu par 800 Arabes, commandés par Bou-Ziann. Lorsque cette bourgade fut emportée d'assaut après un siége laborieux nous y comptâmes 800 cadavres de l'ennemi. Bou-Ziann et son fils, très-jeune enfant, périrent avec leur vaillante garnison.

elle, après le long préambule religieux et louan-
geur de toutes les épîtres arabes, que le général
qui gouverne les chrétiens de la province d'Oran
est en marche avec quelques troupes, pour se
réunir aux soldats venus de Djelfa. Ne crai-
gnez pas la réunion de ces visages pâles; acca-
blés déjà par les fatigues de la route; ils se traî-
nent, jettent leur armes, et meurent à chaque
halte."

Les chefs jetèrent des cris de joie, et, comme la nuit était très-avancée, ils se séparèrent
pour se retrouver, le lendemain, sous les armes.
Ils étaient à peine sortis de la casbah, que deux
cavaliers s'arrêtèrent devant la porte.

— Donne-leur de l'orge autant qu'elles en
voudront manger, les nobles bêtes, cria Ghrellab
à Debbah en lui jetant la bride de sa monture;
elles ont jauni le visage de tous ces chiens de
Roumi.

Mansour, qui logeait avec le chérif, reconnut
la voix de son ami, et courut à sa rencontre.

— Dieu soit loué! dit-il avec émotion, te
voilà sain et sauf.

— Quoi de nouveau? demanda Ghrellab.

— Ben-Abd-Allah et son conseil ont arrêté
le projet de défendre Laghouat à outrance. Une
dépêche que nous a lue le chérif, annonce la
marche de quelques troupes épuisées au secours
des assiégeants. D'après la dépêche, nous ne

ferons qu'une bouchée de ces pauvres Français
écloppés et mourants...

— Farceur! dit en allemand Ghrellab; je
parie qu'on lui a écrit tout le contraire de ce
qu'il raconte.

Et moi, j'en suis sûr, répondit Mansour, nous
allons être assiégés par toute une armée qui nous
prendra ici, comme des blaireaux.

— Si nous sommes assez naïfs pour attendre
qu'on nous enferme, riposta Ghrellab, n'as-tu
donc pas combattu cette stupide résolution?

— Je ne songeais qu'à toi. J'ai laissé discourir tous ces braves ignorants, sans même songer à leur venir en aide. Ah! mon cher Klein,
si tu étais tombé vivant aux mains des Français,
et qu'on t'eût reconnu...

— Eh bien!

— Arnold et Thérèse, s'ils vivent, ont dû,
guidés par quelques vagues révélations de Pompidou, — j'admets qu'on n'a pas coupé le cou de
notre Gascon entre les gorges de la Chiffa et
Alger il y a de cela quinze ans, — Arnold et
Thérèse, ai-je dit, peuvent et doivent même entretenir des agents dans le Tell, pour être rensei-
gnés sur le sort de Madeleine, et...

— Bah! interrompit gaîment Ghrellab, tu
parles trop longuement pour l'impatience d'un
ventre affamé comme le mien. Tout est pour
le mieux dans le meilleur des mondes. Laisse-
moi faire deux ou trois salamaleks à notre fétiche,

Abd-Allah, dont je vais exalter le génie guerrier;
puis, si mon cuisinier me donne à souper con-
venablement, ce dont je doute, je ferai, d'un mot
qui te semblera colossal, impossible ou imaginé
pour la circonstance, tomber toutes tes incerti-
tudes au sujet de ta cousine, de ton cousin, de
Pompidou, de la Suisse en général et du pays
de la Peur en particulier.

— Parlé donc vite, au nom du ciel!

— Quel ciel? On en compte un où nous
sommes nés, on en compte sept où nous mour-
rons; et si on en comptait mille, je ne sais où,
que je sois pendu si j'irais y voir, certain d'a-
vance de n'y pas trouver une porte entr'ouverte
à mon usage..... Viens, viens, je tombe d'inanition.

XI

Par Jupiter! s'écria Ghrellab lorsqu'il eut fait
honneur au repas qu'on venait de lui servir,
mon nègre Mebrouk entend la cuisine, et si l'ar-
chi-chancelier Cambacérès vivait encore, je le
lui expédierais pour lui prouver, une fois de plus,
que l'art du rôtisseur est affaire d'inspiration.
Quel dommage, mon cher Walter, que je ne
puisse pas, dans ce poétique pays où la vie m'est

si douce, arroser l'outarde, la gazelle et le mou-
flon de quelques verres de vin du Rhin! Voilà
une religion terrible, coûteuse et illogique tout
à la fois! N'est-ce pas une sotte idée qu'a eue
notre Mahomet de défendre le vin aux imbéciles
qui ont tant de peine, déjà, à se procurer de
l'eau?... Allons, que diantre, ne me fais pas ta
mine d'enterrement, et prends une tasse de café...

— Tu abuses singulièrement de ma patience
et de mon amitié, Francis. Voilà près d'une
heure que j'attends un mot...

— Eh bien! cher baron, écoute-le bien, ce
mot. Le ménage Arnold Seelorf d'Amstadt est
en Afrique.

— Que dis-tu, malheureux!

— Et le malin Pompidou s'est transplanté,
derechef, sur le sol mauritanien. Ces coquins
de Gascons ont la manie de se fourrer partout...

— Ah! la bonne plaisanterie!

— N'est-ce pas? et cependant, elle semble
ne pas te faire rire de très-bon cœur.

— C'est que je n'en crois pas un mot.

— Donne-toi donc la peine d'y aller voir,
mais fais en sorte d'en revenir; ce n'est pas chose
très-facile, parole d'honneur.

— Veux-tu être sérieux une fois dans ta vie?

— Oui, mais écoute-moi sans m'interrompre
par des exclamations déraisonnables. Je sais que
ton cousin Arnold et son valet Pompidou sont

III   7

en Afrique, parce que je viens de passer, avec eux, quelques moments désagréables...

— Toi!

— Moi, et je sais que la baronne est à Alger, parce que son bavard de mari m'a régalé de cette intéressante nouvelle. Voici les faits, tâche d'en tirer profit.

Francis Klein raconta d'un bout à l'autre son aventure.

— Imprudent! s'écria Walter: tu nous a perdus.

— Pas possible! répondit Francis, et comment cela?

— Maintenant qu'ils savent où me chercher, ils trouveront leur fille, et cette fille, tu ne le sais donc pas? elle est mienne depuis quinze ans, et je l'aime d'une adoration paternelle trop jalouse pour admettre un seul instant l'idée d'une séparation.

— Tout cela est bel et bon; mais il s'agissait, avant tout, de me tirer d'affaire, et si je n'avais pas intéressé ton cousin par des demi-révélations, je serais prisonnier, c'est-à-dire ruiné de fond en comble, si ce n'est pire..,

— Ah! Francis, je me suis terriblement vengé de ces gens-là!...

— Parbleu! interrompit Klein, et il me semble que si, après tout, on te reprend l'ange de la lumière, comme tu l'appelles, tu pourras te consoler du mal que tu n'auras pas pu faire en songeant à celui que tu as fait.

— Tu ne saisis pas ma pensée. Je n'ai bien compris toute la portée de ma vengeance que depuis ce moment où tu me laisses entrevoir la possibilité de perdre Madeleine, à mon tour.

— Eh! eh! fit Ghrellab en ricanant: cela pourrait bien arriver si, par hasard, il y a une justice là-haut.

— Ils ne me l'arracheront qu'avec la dernière goutte de mon sang...

— De quels soucis vas-tu t'embarrasser, mon pauvre baron! Était-ce donc la peine de prendre racine au désert pour s'occuper ainsi des mesquineries de la vie européenne! Vrai, tu me fais pitié avec tes réminiscences...... Imite-moi: oublie le monde entier par delà nos sables, et tu auras seulement alors et pour jamais, chassé ces folles terreurs qui ne sont que les fantômes de ton passé. Les Français font un pas en avant, et ce progrès t'inquiète. Parce qu'ils vont attaquer et prendre Laghouat, tu te mets à trembler comme s'ils arrivaient dans les régions du pays de la Peur, et sous les grands palmiers de l'oasis où la belle Slamia t'apparaît, du matin au soir, comme une vision céleste. Erreur, mon ami: les Français sont déjà venus à Laghouat, et ils en repartiront, cette fois comme avant, sans se donner la peine d'y rien fonder. Tant qu'elle possédera l'Algérie proprement dite, cette belle nation

7*

d'étourneaux ne saura pas se décider à un parti
sérieux contre les nomades, qui vivront éternelle-
ment libres des entraves de la civilisation. Bat-
tons-nous donc bravement demain et les jours
suivants; ceci est tout plaisir; ne nous faisons
pas tuer en maladroits, et si la ville est prise
comme je n'en doute pas, tâchons de gagner au
large. Les vestes bleues et les pantalons rouges ne viendront pas nous chercher au pays de
la Peur, sois en bien convaincu.

— Je n'ai pas ta manière de voir, mon cher
Francis; j'éprouve, au contraire, de noirs pres-
sentiments... Il me semble que, bientôt, le désert n'aura plus rien de mystérieux pour nos ennemis, et de tous ces poétiques mystères dont
ton imagination est tant éprise, il n'en est qu'un,
un seul qui me soit cher, à moi, c'est le nid de
verdure où j'ai caché Slamia. Si nous ne par-
venons pas à battre les Français sous les murs
de Laghouat, c'en est fait de tout le pays des
nomades, il nous faudra fuir jusqu'au Soudan...

— Merci! s'écria Francis, le Soudan est un
pays fertile, et partout où la terre est fertile, on
rencontre l'homme avec les embarras d'une civilisation quelconque, ses faiblesses, sa mollesse,
ses appétits mesquins. Or, n'en fais aucun doute:
si vaillants que vont se montrer nos gens, ils ne
pourront pas résister à l'ennemi, et, dans quelques jours, le drapeau de la France flottera sur
le plus haut minaret de cette ville. Le rusé

chérif connaît, comme moi, la situation, puisqu'il a reçu une dépêche. Cette dépêche, voici ce qu'elle doit dire: „Le général qui est parti d'Oran, marche sur Laghouat à la tête d'une très-forte colonne; il est, dans ce moment, à quatre journées de marche tout au plus des troupes tombées, hier, sur le goum du chérif.“

— Qui t'a fourni ces renseignements?

— J'ai passé de longues heures dans un bivouac français, et je ne suis pas sourd, que je sache. Ainsi, cher baron, si tu veux m'en croire, n'attends pas, ici, des combats dont les suites sont menaçantes pour ta vie, pour ta liberté peut-être. Songe à Slamia, monte à cheval et va retrouver la fée charmante de ton oasis.

— Non, mille fois non. Puisque l'imprudent vient à moi, je ne fuirai pas sa rencontre. Les sombres annales des Seelorf ont déjà vu des frères s'entr'égorger. Que ma destinée s'accomplisse, je resterai, je combattrai.

— Soit. Puisque ton parti est bien arrêté, songeons à vendre chèrement les bicoques de cette ville, et, pour cela, mon ami, reposons-nous puisqu'on nous en laisse le loisir. Les nuits blanches me fatiguent, permets que je fasse un somme jusqu'à l'aurore.

Ghrellab s'allongea sur les épais tapis que ses serviteurs lui avaient préparés et ne tarda pas à s'endormir. Walter passa le reste de la nuit en méditations douloureuses; quelquefois, cependant,

son front sévère semblait se dérider, un sourire
effleurait ses lèvres, ses yeux brillaient d'un vif
éclat, et alors il murmurait tout bas :

— Madeleine, fille de mes rêves désolés, image
embellie de la seule femme que mon regard ait
trouvée belle, protège-moi contre le châtiment
mérité par mon crime ; toi, ma victime, sois l'ange
consolateur de mes remords !

Ghrellab avait dit vrai. Le général Pélissier,
investi du commandement de toutes les troupes
concentrées sous Laghouat, arrivait rapidement
de la province d'Oran pour assurer sa jonction
avec la colonne du général Yusuf qui, dès le
lendemain de l'arrivée du chérif à Laghouat, se
présenta sous les murs de l'oasis.

Les Laghouati (gens de Laghouat) avaient
pris les armes de grand matin, avec une ardeur
que stimulait la présence du chérif et de son
vaillant entourage. Mansour s'était chargé de la
conduite des hommes de pied, Ghrellab était sorti
de l'oasis avec les cavaliers, et le pieux chérif,
prudemment enfermé dans la grande mosquée,
implorait pour les siens l'assistance divine.

Ce jour-là, il n'y eut pas de combat. Mais,
le lendemain, le général voulut s'établir au point
dit „la Tête de l'eau" pour intercepter toute
communication entre l'oasis et la campagne, pour
priver, en même temps, les assiégés des sources
qui alimentaient leurs principales fontaines.

Les Arabes se battirent avec acharnement, et

nous disputèrent le terrain pied à pied. Mansour, Ghrellab, Debbah et tous les chefs enflammèrent le courage des leurs par de superbes traits d'audace, et ce fut après avoir perdu plus de cent hommes, que, cédant à une charge brillante des chasseurs d'Afrique, les assiégés reculèrent jusque dans l'enceinte de leurs jardins où il fallut renoncer à les forcer (1).

A dater de ce jour, la résistance fut concentrée dans l'oasis. Le chérif congédia ses cavaliers, pour ne garder que leurs chefs près de lui, et le général français prit position à la *Tête de l'eau* pour y attendre l'arrivée des troupes en marche.

Les gens de Laghouat jetèrent des cris de victoire lorsqu'ils nous virent immobiles sur un terrain que nous avions péniblement conquis. Ils s'imaginèrent que nous renoncions à poursuivre la lutte, et ils ne se firent pas faute de nous insulter par d'insolens défis.

Cette confiance et cette exaltation, développées par le fanatisme farouche du chérif, ne furent pas de longue durée. En sept jours, le général Pélissier fit une marche de soixante lieues, et il arriva le 2 décembre à Ras-el-Aïoun *(la Tête de l'eau)*, où il fit sa jonction avec son

(1) L'escadron qui fournit cette belle charge appartenait au 1er régiment de chasseurs d'Afrique, et il était commandé par le capitaine de Stad-Holstein qui mourut peu de jours après, d'une blessure reçue dans cette action.

lieutenant. Nous pouvions, dès-lors, disposer de forces suffisantes pour emporter Laghouat de vive force, et cet acte de vigueur ne se fit pas attendre.

Le lendemain, 3 décembre, de sept heures du matin à midi, le général en chef fit la reconnaissance de la place. Les Laghouati crurent à une attaque générale en nous voyant nous diriger vers le point le plus faible de la défense. Ils nous assaillirent avec une rare énergie, et cette affaire vigoureusement menée de part et d'autre nous aurait appris, si nous n'en avions pas fait, déjà, une longue expérience, combien est brave ce peuple arabe, dont le sang s'est glorieusement mêlé au nôtre à tous les pas de notre conquête.

Les Laghouati, se méprenant encore une fois sur nos intentions, se hâtèrent de célébrer notre défaite. Nous avions complètement atteint le but de notre reconnaissance, et on crut, dans l'oasis, à notre prochaine retraite. Ghrellab et Si-Mansour envisagèrent seuls la situation sous son point de vue véritable; mais ils se gardèrent bien de refroidir l'enthousiasme de gens qui s'étaient si bien battus. Debbah s'était conduit comme un lion. On l'avait vu, notamment, abattre son fusil sur deux capitaines qu'il avait jetés sur le carreau, et il avait plongé jusqu'aux coudes ses bras dans le sang de quelques chrétiens tombés blessés au pouvoir de la garnison. Francis avait montré le baron Arnold à Walter qui, deux fois, eût pu tuer son mortel ennemi, et, deux fois, avait relevé son arme en frémissant d'une honte que, de sang-froid, il ne savait expliquer. Comme il cherchait à s'excuser devant Ghrellab de ce qu'il appelait une faiblesse étrange, celui-ci lui répondit :

— Mon cher baron, l'homme propose et le diable dispose. Je dis le diable pour ne pas offenser Dieu une fois de plus, car nous ne pourrions en parler, toi et moi, sans l'offenser. Tu as pour Slamia une tendresse inconcevable, et Slamia qui t'aime aujourd'hui, te prendrait en aversion demain, si elle apprenait que tu as tué son père...

— Qui pourrait le lui dire ? interrompit ardemment Walter.

— Un miracle, répondit Ghrellab en riant, et il s'éloigna.

Walter, habitué aux boutades de la légèreté que son ami mettait aux choses les plus sérieuses, ne chercha pas à approfondir le sens de cette réponse évasive. Il se promit d'être plus ferme le lendemain, si le lendemain il y avait bataille, et il essaya de se fortifier dans cette résolution en se nourrissant des souvenirs désolés de sa jeunesse.

Pendant une partie de la nuit, les gens de Laghouat se livrèrent à la joie la plus folle. Des différents points où le général en chef avait établi, pour le lendemain, ses colonnes d'attaque, nos sol-

dats entendirent les cris, les chansons, le tam-
tam et les échos de la fête, qui remplissait chaque maison. Ces réjouissances furent interrom-
pues, avant minuit, par une vive fusillade qui
s'efforçait de repousser une charge à la baïon-
nette exécutée par les zouaves du général Boscarin, pour s'emparer d'une position dominante.
Cette position fut enlevée, une batterie de brèche
y fut construite, et, au point du jour, la ville se
trouva sous le feu de notre artillerie.

A dix heures du matin, la muraille qui re-
liait les tours battues par notre canon, s'écroula
et fit brèche. Ce succès nous avait coûté cher.
Le général Boscarin, l'un de nos plus brillants
officiers, était tombé mortellement atteint, et ce
fut Ghrellab qui se fit gloire de cette immolation
d'un chrétien au courroux du dieu de l'islam.
Notre feu cessa, la marche des zouaves et la
charge retentirent, les colonnes d'assaut s'élancèrent de ce côté, tandis que les troupes du général Yusuf, munies d'échelles, se précipitaient à
l'escalade du côté opposé à la brèche.

Mansour, Ghrellab, Naceur-ben-Chora, Debbah, les chefs nomades, et, avec eux, exerçant
sur le courage des fanatiques qui avaient juré de
s'ensevelir sous les ruines de leurs maisons, un
empire absolu, le pieux chérif Abd-Allah, com-
battaient avec la furie de la haine la plus farouche. Le chérif était sans armes. Sa haute
stature se redressait au sifflement des balles. Son

visage pâle, ses traits amaigris, son regard brûlant, son corps brisé par le jeûne et la prière, lui donnaient, parmi ces hommes heureux, pour la plupart, de mourir sous ses yeux, l'irrésistible et mystérieux pouvoir qui commande le martyre et fait entrevoir les éternelles béatitudes.

Mansour cherchait Arnold au pied de la brèche, tandis qu'il était des premiers à planter une échelle du côté opposé. Les colonnes d'assaut, ardentes à pénétrer dans la ville avant les troupes d'escalade, triomphèrent, non sans éprouver de grandes pertes, de la résistance furieuse des assiégés, et couronnèrent enfin la muraille attaquée.

— Debbah, dit Ghrellab à son mekatib : nous allons tenir ici pendant quelque temps ; hâte-toi de conduire mes chevaux au point le plus fourré des jardins vers le sud... pars, tu n'as qu'un moment pour m'obéir.

Debbah ne se fit pas répéter cet ordre, et, comme il l'exécutait, il vit que les palefreniers des principaux chefs prenaient, pour leurs maîtres, la même précaution.

Quand nos soldats couronnèrent la brèche, les Arabes, qui avaient un instant lâché pied, firent un retour offensif. Le combat se rétablit, mais les nôtres se renforçaient, et, si acharnée que fût la lutte, elle devait bientôt finir à notre avantage.

— Bah ! dit Ghrellab à Walter, allons-nous

en, baron, la partie est perdue, ces coquins de Français ont aujourd'hui le diable au corps, et se faire tuer bêtement est ce qu'il y a de plus impardonnable au monde.

— Mais où est-il donc? où est-il donc? s'écria Walter avec fureur: — je mourrais content si je pouvais l'abattre à mes pieds.

— Et Madeleine, répondit Francis, que deviendra-t-elle sans toi?... Partons, te dis-je... Voilà que nos Arabes reculent encore.

— Pouvons-nous fuir... et des premiers?...

— Certainement, riposta Francis qui, élevant la voix avec force, cria:

„Enfants du Dieu très-haut, à nos maisons, à nos maisons!"

Cet appel fut un ordre pour tous les combattants habitués à la sagesse comme à l'audace du vaillant Ghrellab. Nos soldats firent un nouvel effort qui emporta toute résistance, et ils se jetèrent dans la ville à la poursuite des Laghouati, précipitamment occupés à se renfermer et à se barricader dans leurs maisons.

— Toi, cherif, dit Ghrellab à Abd-Allah, va bien vite te réfugier dans les jardins, car ceux-là qui s'enferment dans leurs maisons y seront tués infailliblement.

Le chérif enveloppa Ghrellab d'un regard majestueux et disparut au détour d'une rue.

— Ah! le cuistre, dit Ghrellab à Walter, en l'entraînant; il semble me reprocher la timidité de mon conseil, et je parierais ma tête contre un boudjou (¹) qu'il a, comme moi et avant moi, envoyé ses chevaux hors de la ville.

Walter ne répondit pas, il se faisait pousser et traîner par son ami, pendant que quelques braves Laghouati mouraient les armes à la main pour favoriser la retraite de leurs chefs.

Nos soldats arrivèrent à la casbah, dont ils enfoncèrent les portes. Là, comme dans toutes les maisons enlevées de vive force, les Arabes se firent tuer jusqu'au dernier. Des cris de colère et de terreur répondirent bientôt aux cris victorieux des colonnes entrées par la brèche. Ils signalaient l'apparition des troupes lancées à l'escalade qui, de leur côté, avaient renversé tout obstacle, et prenaient à revers les défenseurs de la ville abandonnée aux sombres horreurs de la guerre.

— Le voilà! dit Ghrellab à Mansour en lui montrant Arnold qui marchait des premiers... on ne nous voit pas, fais-lui tes adieux.

Walter épaula sa carabine, ajusta avec grand soin; puis, rejetant brusquement son arme sur l'épaule, il prit la fuite en s'écriant:

— Je ne peux pas! je ne peux pas!

Eh bien! lui demanda Ghrellab lorsqu'ils furent entrés dans un massif tellement fourré qu'il pouvait les dérober à toute recherche; tu

(¹) Monnaie d'argent qui vaut 1 fr. 80 c.

as été faible et poltron encore une fois malgré
tes belles résolutions...

— Écoute, ami, répondit Mansour, en levant
sur son complice des yeux égarés, tu ne crois à
rien, n'est-ce pas?

— Pardon, je crois que nous sommes dans
de mauvais draps pour le quart-d'heure.

— Tu ne crois pas aux miracles?

— Non, mais tu pourrras me donner la foi
en ramenant Madeleine à sa mère, et en mou-
rant catholique, apostolique et romain, selon la
religion où tu es né.

— Eh bien! quand j'ai ajusté Arnold, sais-
tu ce que j'ai vu au bout de ma carabine? Ce
que j'ai vu comme je te vois?

— Une potence peut-être...

— Plût au ciel! j'eusse fait feu... J'ai vu
Slamia qui, devant mon œil éperdu, découvrait
son sein virginal.

— Ah! gaillard! s'écria le cynique Francis;
mais ce doit être chose charmante à voir. Et il
réprima un sourire pour imposer silence à Walter qui allait relever ce propos grossier.

— Chut! fit-il tout bas: les pantalons rouges
rôdent aux environs.

Tous les Laghouati restés dans la ville étaient
morts les armes à la main. Il fallut plusieurs
jours pour nettoyer les rues, les puits, les citernes encombrés de cadavres. Ceux qui avaient
fui dans les jardins, échappèrent pour la plupart

à la poursuite. Ces jardins, entourés de murs, formaient autour de la cité une sorte de dédale inextricable, et il ne fut pas possible de les fouiller à fond dès le premier jour. On se borna, pour couper la retraite aux fuyards, à placer des postes d'infanterie et de cavalerie en observation.

Dans la nuit qui suivit l'assaut, une troupe, d'une vingtaine de cavaliers environ, passa devant l'un des postes d'observation.

— Qui vive! cria la sentinelle.

— Escorte d'une dépêche pour Boghar, répondit Ghrellab, service du quartier-général.

— Laissez passer, répondit une voix ; ce sont des cavaliers du goum. Le groupe, qui s'était arrêté à bonne distance, se remit en marche, passa au trot à quelques pas du poste et prit immédiatement après le galop.

L'un des cavaliers se retourna et dit :

— Merci, Ghrellab, tu es le fidèle serviteur du Tout-Puissant ; *il divertira ton éternité dans un parterre de fleurs.*

— J'aimerais mieux autre chose, murmura Francis à l'oreille de Walter : les fleurs m'ont toujours donné la migraine. A propos, ajouta-t-il gaîment, as-tu reconnu la voix du Nicodème qui a ordonné de nous laisser passer ?

— Non.

— Et voilà un être assez vaniteux pour croire à l'immensité de sa haine ! s'écria Ghrellab. Tu n'es qu'un petit homme du petit siècle où nous vivons mon pauvre ami. Du diable si Catilina, mon héros, n'eût pas reconnu son ennemi mortel!...

— Eh quoi! encore lui?

— J'espère bien que nous n'en entendrons plus parler. La vue des pantalons rouges m'a plus que jamais fait choisir notre désert... En avant, Sada, ma belle, bois la tiède haleine de la nuit; rase le sable ou fais voler les cailloux; sois ma gloire et mon bonheur. Oh! Sada, la fière cavale, noble d'aïeux, songe que je te ramène à Moudjalla, le beau fiancé que j'ai promis à tes amours... Songe que tu vas au pays de la Peur et de l'ange de la lumière.

Ghrellab improvisait toute une chanson en l'honneur de sa belle jument Sada, qui galopait légèrement sous lui. Il voulait donner à son entourage l'exemple de la résignation, et distraire forcément Walter du cours orageux de ses pensées.

— Il est de fer! pensa le mekatif Debbah. Jamais homme aussi brave ne fut plus dédaigneux de l'adversité; son cœur est immense, et les vertus y sont semées comme est semé dans le pays perdu de mes lointains souvenirs, le sable d'or que je ramassais aux pieds de ma mère. Pauvre mère!

XII

A quatorze journées de Laghouat et dans les derniers jours du mois de décembre 1852, un groupe d'une vingtaine de cavaliers montés sur des mehara ([1]) cheminait, à grands pas, dans la direction du sud en tirant légèrement vers le sud-ouest.

La petite caravane se composait de vingt cavaliers, avons-nous dit; mais, dans ce nombre, il ne fallait compter que deux maîtres et six hommes libres. Les autres étaient, ou esclaves, ou gens de suite, appartenant au personnel de la domesticité. Ceux-là voyageaient sans armes, ne portaient que le couteau dont l'Arabe ne se sépare jamais, et poussaient devant eux des chameaux chargés de bagages, d'eau et de vivres. Trois d'entre eux conduisaient en mains six chevaux magnifiques, harnachés avec luxe et traités avec grand soin.

Malgré la saison, il avait fait très-chaud de neuf à quatre heures de l'après-midi, le vent du Sud avait soufflé avec force et saupoudré l'atmosphère de ce sable fin et pénétrant que mau-

([1]) Nous avons dit, maintes fois, que le *Mehari* (au pluriel *Mehara*) est au chameau vulgaire, ce que le cheval de selle est au cheval de trait.

III   8

dissent les voyageurs car il leur ôte tout repos, les aveugle et les gêne dans leurs moindres mouvements. Aussi, pendant plus de deux heures de marche, la caravane entière observa le plus profond silence. Lorsque le vent tomba, et, avec lui, la poussière, bêtes et gens semblèrent se ranimer, se réveiller, et leur réveil fut signalé par une allure plus décidée chez les animaux, par un échange de gais propos chez les hommes.

— Par Vénus! arriverons-nous enfin! s'écria l'un des deux seigneurs, que nous reconnaîtrons à son exclamation; quelle singulière fantaisie a pu te décider à reculer ainsi ton gîte, cher baron? n'étais-tu pas assez ensablé dans les environs de Ouargla?...

— Oh! non, bien certainement! Je pressentais l'avenir quand j'ai quitté Ouargla pour me fixer, me cacher, devrais-je dire, dans ce coin du désert où j'aurai le bonheur, cher ami, de t'offrir, dès ce soir, une cordiale hospitalité. Tu avais peut-être mieux que moi jugé les choses, Francis, en prophétisant la prise de Laghouat. Si, comme nous l'ont appris nos espions, les Français s'établissent d'une manière permanente dans cette oasis, c'en est fait des nomades, de notre liberté sauvage, de notre chère barbarie;... la civilisation nous atteindra.

— Oui, interrompit gaiement Ghrellab; elle nous corrompra, à notre tour, cette civilisation gangrenée; elle nous fera cadeau de gendarmes, de gardes-champêtres, de puits artésiens, et qui sait! de chemins de fer peut-être. Nos oasis n'auront plus de tourterelles, mais un conseil municipal, présidé par M. le maire; nous ne chasserons plus au faucon, mais au chien d'arrêt, avec un permis légalisé; nos jeunes filles n'assisteront plus aux fantasias, aux raghbas et aux facéties d'Arlequin, mais elles pourront se former le cœur et l'esprit au vaudeville de Rouissat, à celui de Ouargla, à ceux de R'at et de R'edamès... Par Junon, Jupiter et Vulcain, cher baron, nous serons enterrés toi et moi avant l'aurore de ces beaux jours. Ainsi, ne nous chagrinons pas de ce que, grâce à l'Enfer, nous ne verrons point. Laghouat est prise, tant pis pour Laghouat; les Français ont conquis un second Alger dans cette oasis, capitale du Sud, tant mieux pour les Français. Je n'irai pas, pour cela, me confondre en stupides gémissements.

Laissons la politique et ses nuages à notre ami le chérif, ce pieux crétin, qui vit de racines et se débarbouille, cinq fois le jour, avec du sable (¹). Rions du passé, narguons l'avenir, ne

(¹) La petite ablution doit être faite avant chacune des cinq prières que tout bon musulman offre à Dieu dans les vingt quatre heures. Au point du jour, à une heure après-midi, à trois heures, au coucher du soleil et à huit heures du soir. On fait les ablutions chez soi ou aux bains publics ou dans une eau quelconque, rivière, lac, ruisseau, fontaine ou puits. Si l'eau manque on peut la remplacer par du sable, à défaut de sable par un simulacre, etc.

songeons qu'à ta belle Slamia, et n'admirons,
pour le moment, que la splendide immensité où
vont se perdre nos regards.   Le voilà donc, ce
désert aux majestueux horizons, ce désert que tu
m'avais annoncé, il y a quinze ans, des hauteurs
de Boghar! Mon ami, que c'est beau, que c'est
sublime! Quel peintre exercé aux études mesqui-
nes de la nature européenne, pourra jamais rendre ce ciel d'un bleu limpide, et ce sol que
l'homme ne saurait fouler sans un saisissement
respectueux, serait-il, à lui seul, impie comme
toi et moi tout ensemble!

Walter leva les yeux sur Francis, puis il les
baissa en rougissant.

— Tu as raison, répondit-il à demi-voix, on
se sent pris d'hésitation et de timidité lorsqu'on
arrive dans ces régions, qui sont les frontières
du pays de la Peur.

— *Belad el Khouf! Belad el Khouf!* le
pays de la Peur! le pays de la Peur! cria l'un
des cavaliers touareghs qui, dans ce moment et
précédant de quelques pas les deux chefs, se
trouvait sur un petit monticule et avertissait ses
compagnons de voyage, comme fait la vigie d'un
navire pour signaler une voile ou la terre.

— Nous y voilà, dit Ghrellab.

Et, poussant son mehari sur la dune d'où le
Touaregh avait jeté son cri de découverte, il s'arrêta brusquement et se croisa les bras pour re-

garder, avec une admiration mêlée d'épouvante, le tableau qui se déroulait à ses yeux.

Ghrellab n'avait jamais été si loin dans le Sud; ses explorations les plus avancées s'étaient arrêtées au pays de Ouargla, que Mansour avait longtemps habité, et son imagination, toute brûlante qu'elle pût être, s'était contentée des merveilles semées sur le parcours des guerriers et des pasteurs nomades. Or, jusqu'aux oasis de Ouargla et de Rouissat, et même jusqu'au puits de Djeribey, que nos voyageurs venaient de dépasser, le pays est bien aride; mais cependant, à de longs intervalles, quelques plateaux couverts d'arbres et d'arbustes (¹) viennent égayer la vue. Dans toutes ses courses sur Mitlili, Tuggurt et l'Oued-Souf, le hardi coupeur de routes, le brillant Ghrellab s'était habitué à rencontrer des émigrations de pasteurs, de nombreux troupeaux, de riches oasis. Il avait pu douter que le désert existât tel que les poètes, portés au merveilleux, ont pu l'imaginer. Il s'arrêta donc interdit devant la majesté de ce terrible et mystérieux spectacle. A l'aspect de la morne tristesse qui régnait devant lui, il se dit qu'il venait de parcourir des régions fertiles, et, lorsque sa pensée s'égara dans l'affreuse nudité d'un horizon barré au loin par des dunes hautes et

---

(¹) Ces arbustes sont: le betoum, le baguel, le nessi, le drine et le belbel.

menaçantes; quand son regard courut, avec inquiétude, sur un terrain dont la surface, durcie
par l'action du soleil, passe du rouge couleur de
brique à la teinte jaunâtre, terrain semé de dé-
bris de calcaire ou d'argile noire et de quelques
rares arbustes rabougris, il se sentit frissonner,
lui si insolemment brave, et il leva les yeux vers
le ciel comme pour confesser la soudaine terreur
de son orgueil humilié. Contraste puissant, dont
le désert seul offre l'exemple; le ciel était calme,
pur, et d'une immuable sérénité au-dessus de ce
bouleversement de la terre. En Europe, dans
les riches contrées où le travail de l'homme est
journellement encouragé par les tendresses de
la nature, lorsqu'une tempête éclate elle est de
courte durée. Le créateur semble alors infliger
un châtiment à tous les êtres de la création;
comme pour leur annoncer les effets de sa colère, il précipite, il entasse les nuages d'où s'é-
chappe sa foudre, et le ciel se voile pour assister au
déchaînement des flots, aux tressaillements terres-
tres, à l'épouvante passagère des humains. Au désert, sur la perpétuelle désolation des choses d'ici-
bas, le ciel étend, presque toujours, sa radieuse et
sereine magnificence. Devant les convulsions
horribles de ces contrées maudites, apparaît l'impassible splendeur des nues!... On ne peut plus
douter de l'éternelle agitation de Satan lorsqu'on
voit, au pays de la Peur, l'éternel sourire qui
règne aux cieux.

Dans son extase, Ghrellab n'entendit pas venir Mansour qui, lui frappant sur l'épaule, lui dit :

— Eh! bien, poète, es-tu content ?

— Oui, je viens de recevoir un choc qui m'a ébranlé jusqu'au plus profond de l'âme... Bah! reprit-il avec son insouciance habituelle, je suis, comme tous les voluptueux blasés, capable d'éprouver une secousse, une sensation, mais non pas deux. Tout ceci est beau à force d'être laid, je m'y ferai très-aisément.

— Non. Voilà bien longtemps, déjà, que je vis au sein de ces ruines, et je ne m'y fais pas puisque, chaque jour, je m'y plais davantage. Je m'y plais, il est vrai de le dire, comme le papillon se plaît au perfide éclat des flambeaux, mais enfin je m'y attache par l'effroi même que j'y ressens. Tu vois ces grands arbustes maigres, secs, dépouillés, brûlés qui, de loin en loin, se dressent sur un sol avare et chétif; eh bien! mon cher Francis, il arrive souvent que le baron Walter de Seelorf, fantôme errant dans ces parages, prend ces arbres pour des spectres égarés dans les sables. Mon imagination, frappée d'épouvantables souvenirs, donne des noms à ces revenants hideux, et...

— Pour qui me prends-tu, moi? interrompit Francis; suis-je un enfant qu'on effraie avec des histoires de revenants? suis-je un pâtre grossier, que de fantastiques récits émeuvent à ce

point qu'il croit voir ses agneaux transformés en
diablotins ?.. Mon cher ami, fais tes timides con-
fidences à qui voudra les entendre. Je suis fermement résolu à n'exercer mon imagination que
sur des sujets agréables. Il est à parier que
si Lucifer existe, j'aurai l'éternité pour cultiver
sa connaissance, d'où je conclus que, de mon
vivant, je ne veux le rencontrer nulle part. Laissons tous ces bavardages païens, malpropres et
malsains ; parlons de la belle Madeleine, et tâche
de me faire entrevoir comment tu as su t'y prendre pour créer, à ton bon ange, un Paradis dans
cet Enfer ?

— Regarde, répondit Mansour en montrant
du doigt un petit nuage de poussière que le cavalier d'avant-garde signalait au même instant.

— Ah ! ah ! fit Ghrellab, nous allons enfin
rencontrer face humaine...

— Oui, mon ami, oui, s'écria Walter, en
stimulant son mehari ; nous allons voir, bientôt,
le chef d'œuvre de l'art divin.. ma Slamia bien
aimée, la plus jolie fille qui soit en Europe
comme au désert.

Ghrellab suivit son ami, et toute l'escorte se
porta au devant de l'ange de la lumière.

Bientôt, un souffle de vent venu du nord dé-
chira le voile poudreux qui enveloppait le groupe
signalé, et l'on put voir une femme montée sur
un grand mehari blanc qu'accompagnaient, à distance respectueuse, quatre Touareghs armés de

boucliers et de lances. Le mehari blanc trottait avec beaucoup de rapidité, et se dirigeait droit sur la troupe de Si-Monsour. Un cheval, de vitesse ordinaire, l'eût suivie avec peine au galop; aussi, ne tarda-t-il pas à atteindre la caravane. La femme qui le montait se rangea, par un mouvement gracieux, près du mehari de Mansour, et, se baissant, elle s'empara de l'un des pans du burnous de Walter pour le porter à ses lèvres.

— La bénédiction de Dieu soit sur toi, ô mon seigneur et père, dit-elle d'une voix fraîche, dont la suave sonorité charmait l'oreille et le cœur. Ton voyage a-t-il été heureux?

— Oui, fille chérie, puisque le Seigneur me rend ton radieux visage.

Disant cela, Mansour s'était penché, à son tour, vers la jeune fille, et, la prenant par la tête, il avait baisé ses cheveux au-dessus du front.

— Je remercie le Très-Haut, et je le bénirai autant que les sables sont étendus, reprit Slamia ([1]): Vous aurez de nobles et longs récits à

([1]) ,,Bénissez Dieu autant que les sables sont étendus." Ce pieux commandement est tiré du livre saint, et il est empreint d'une poésie qui fait, en quelques mots, la description de l'immensité du désert; la profondeur des solitudes s'y trouve en regard de la grandeur de Dieu; n'est-ce pas une image colossale?

nous faire, et le pauvre Brahim (¹) aura bien grand bonheur à vous entendre.

— Où donc est-il Brahim ?

— Mon frère ne peut pas supporter le trot du mehari, vous le savez, et comme j'avais hâte de vous revoir, comme je devais venir vous chercher au loin, je n'ai pas voulu que Brahim m'accompagnât.

— Tu n'as pas voulu, répondit Mansour avec gaîté ; les choses ne sont donc point changées au ksar (²) depuis mon absence, et il faut m'attendre, je le vois, à t'y retrouver le pouvoir en mains.

La jeune fille essaya de sourire, puis elle baissa brusquement la tête comme pour cacher une vive rougeur qui venait d'envahir ses joues.

Les cavaliers ne s'étaient pas arrêtés pendant l'entretien de Mansour et de Slamia. Ghrellab avait appuyé de quelques pas sur sa droite, de manière à ne pas gêner cet entretien, mais il s'était placé de façon à contempler l'élégant profil et la taille flexible de cette jeune femme dont il lui sembla que Walter n'avait, en rien, exagéré la beauté. Il oubliait, dans le charme de son admiration, le principe élémentaire de la civilité arabe, qui interdit toute curiosité à l'égard des femmes, et il ne se lassait pas de re-

(¹) Brahim, pour Ibrahim, qui signifie Abraham.
(²) Château, maison forte.

garder, avec des yeux fascinés, cette merveille inespérée à laquelle ses souvenirs n'auraient jamais pu croire.

Slamia était dans sa dix-septième année. A cet âge, les femmes arabes ont déjà perdu, pour la plupart, non-seulement leur fraîcheur, mais les charmes les plus séduisants de leur sexe. Slamia faisait exception. Elle s'était conservée comme par miracle dans les régions enflammées où s'était écoulée son enfance, et sa beauté, échappant à l'action dévorante du soleil et des sables, avait reçu de l'inclémence même de ce rude climat ses plus précieux ornements. •Le jeune arbuste, transplanté d'Europe en Algérie, s'était merveilleusement acclimaté ; la fleur, délicate au vallon suisse, au sein des neiges, avait pris, au pied des dunes, au feu comme aux rosées du ciel africain, plus d'éclat, plus de vigueur, et le secret de ces suaves parfums qui sont tout à la fois le poétique langage de la nature et la mystérieuse émanation du créateur.

Slamia se montrait toujours à visage découvert, selon l'usage des femmes touareghs (1), et Ghrellab, habitué à la fausse pruderie du voile féminin dans les contrées qu'il parcourait depuis quinze ans, habitué, en outre, à ne rencontrer

---

(1) Contrairement à l'usage oriental, chez les Touareghs l'homme est voilé, tandis que la femme se montre à visage découvert.

sous le voile que des figures peu dangereuses
pour ses résolutions de chasteté, devait éprouver
comme un frisson de surprise et de joie à la
vue de ce chef-d'œuvre de grâce et de splendeur.
Slamia, tardivement développée, ne lui avait laissé,
lorsqu'il l'avait vue cinq ans auparavant, qu'un
très-vague souvenir. L'enfant promettait, et promettait, surtout, de ne pas ressembler aux femmes du pays. Or, Ghrellab, en dépit de sa haine
pour le genre humain, en dépit du mépris qu'il
avait affecté, et qu'il affectait, pour un sexe cause,
disait-il, de sa ruine et de sa dépravation, se
sentait fréquemment attiré vers son passé par
l'une de ces mains blanches qu'il avait ardemment pressées autrefois, et il s'était quelquefois
écrié dans ses rêves :

— Où sont les yeux bleus de mes belles
Allemandes! Ne reverrai-je donc plus l'un de ces
sourires qui faisaient battre le cœur du fol étu-
diant d'Heidelberg!

Slamia était apparue comme une fiction à ce
rêveur capricieux. Il y avait songé, pendant
quelques jours, après l'avoir quittée; puis la
guerre, les courses, le brigandage, les chevaux,
les faucons, le luxe, la tyrannie s'étaient, tour
à tour et même à la fois, emparés de ce cerveau volcanique, et Slamia s'était effacée d'une
mémoire trop perverse pour qu'elle y pût vivre
longtemps. Toutefois quand, cinq ans après,
Ghrellab revit et interrogea Mansour, il se res-

souvint de la jolie fillette, et s'enflamma, en secret, au portrait enthousiaste qui répondit à ses
questions. A dater de cet instant, l'impatient,
le voluptueux Ghrellab imagina qu'une horrible
fantaisie du destin lui réservait, à lui Francis
Klein, Madeleine de Seelorf pour compagne, et il
s'appliqua savamment à nouer l'intrigue qui devait, selon ses calculs, jeter dans ses bras la
femme que ses mains détestables avaient arrachée du sein maternel.

Nous ne tarderons pas à voir le bandit résolument à l'œuvre; suivons-le pas à pas pour le moment, et regardons-le guetter sa victime comme
le tigre guette sa proie.

Slamia, animée par une course vive et longue, était fort émue lorsqu'elle avait abordé Walter.
Tout en elle était grâce, et son entourage ache-
vait le tableau de cette halte charmante au désert. Les quatre guerriers touareghs qui formaient son escorte montaient des mehara roux et
portaient la lance au poing comme des cheva-
liers du moyen-âge. Leurs bras gauches étaient
armés de boucliers ronds en peau de buffle, et
d'un poignard attaché sous l'avant-bras. Un fais-
ceau de javelots fixé sur le devant de la selle de
chaque mehari complétait cet armement primitif.
L'un de ces quatre cavaliers qui paraissait commander aux autres, avait, en outre, un sabre
large passé sous sa jambe gauche, contre le flanc
de son mehari. Ces hommes étaient voilés, et

leur vigoureuse stature se dessinait en ombres colossales sur le sable jaune ou gris que foulaient leurs gigantesques montures. Ils se mirent en tête de la marche, et se dirigèrent sur leurs propres traces.

Slamia était vêtue avec une élégance inconnue de son sexe dans ces parages. On devinait que, guidée par le goût de Mansour dont elle se croyait la fille, elle avait modifié certains détails de la toillette des femmes nobles du Sahara. Sa gandoura, ou longue chemise-pardessus, était en soie blanche et à manches flottantes; son haïck en laine blanche rayée de soie bleue était d'une finesse exquise. Un ceinture en maroquin vert, semé de filigranes rouges, dessinait sa taille svelte, ronde, hardie et flexible, contrairement à l'usage qui conseille aux femmes arabes de laisser voir un embonpoint qu'elles simulent lorsqu'il leur fait défaut. Ses beaux cheveux blonds ruisselaient en bandeaux pailletés d'or sur ses tempes, et se perdaient en longues nattes tressées avec du velours d'un bleu très clair. Un burnous noir était jeté sur ses genoux repliés sur le siége profond d'une selle en maroquin vert brodé d'arabesques d'or et orné de franges d'argent. Elle tenait à la main une corde double en laine blanche, fixée par un anneau d'argent, à la narine droite de son mehari (¹). Ce câble lui servait de bride pour

_____

(¹) Dans le cours du dressage du mehari, et lorsqu'il a deux ans accomplis, on rive à sa narine droite un anneau

guider le docile animal qui semblait la porter en triomphe. Ce mehari, de pure race, était admiré de tous les Touareghs autant pour la rapidité de ses allures et sa prodigieuse sobriété que pour l'élégance de ses formes, la souplesse de sa gracieuse et puissante encolure, et le brillant éclat de son pelage. Slamia s'en servait avec prédilection pour ses lointaines promenades et les chasses périlleuses qu'elle faisait en compagnie de son père. Le mehari obéissait à sa voix, s'agenouillait pour recevoir ou pour rendre son précieux fardeau, et paraissait chérir les petites mains blanches qui, chaque jour, le régalaient de caresses, de lait de chamelle et de hade odorant, plante au suc délicieux que les Arabes appellent la datte du chameau.

Nous parlerons bientôt des traits enchanteurs de Slamia, des merveilles de sa beauté, du ravissement qu'elle inspirait à la poétique nation des nomades et des chants que la muse du désert entonnait à sa gloire dans les vertes oasis et jusque dans les fournaises du pays de la Peur. Nous ne verrons, quant à présent, et comme l'ardent Ghrellab, que le profil charmant de la fille de Thérèse d'Amstadt, que les contours voluptueux de son corsage enveloppé de chastes draperies dont chaque pli renfermait d'enivrantes promesses.

qu'il garde jusqu'à sa mort. Cet anneau sert à fixer la corde en poil de chameau, qui est la bride du cavalier.

Slamia n'avait fait aucune attention à l'entourage de son père; elle ne s'était même pas aperçue de la présence de Ghrellab, et la petite caravane avait marché à grands pas vers Ksar-el-Djerid (¹), lieu qu'habitait la smalah du pieux, brave et puissant Si-Mansour, l'un des plus grands chefs des contrées sahariennes.

Bientôt, et comme la nuit descendait sur la plaine, les cavaliers aperçurent un bouquet de hauts palmiers ombrageant de leur mélancolique et majestueux feuillage une courte vallée resserrée entre deux dunes qui faisaient rempart autour d'elle.

— Te voilà chez toi, dit Mansour à Ghrellab.

— Dieu soit loué! répondit Francis: j'ai soif d'entrer au Paradis.

Alors, mais seulement alors, Slamia avança et retourna la tête du côté de Ghrellab, comme fait une tourterelle que la curiosité soulève sur le bord de son nid, et, peu satisfaite, sans doute, du regard étincelant que ses yeux rencontrèrent, la belle curieuse reprit, avec son père, la conversation qu'elle venait d'interrompre.

— De Cologne à Bâle, où l'amour m'a fait faire tant de sottises, murmura Ghrellab, on ne saurait trouver une femme à ton image, ma chère enfant. Aussi, par Mercure et Cupidon, tu seras mienne; j'en fais serment.

(¹) Ksar-el-Djerid, Château de la Palme, et, par extension, des Palmiers.

XIII

La caravane traversa la première dune qui barre, au nord, la petite vallée de Ksar-el-Djerid, et se rattache, vers l'est, à la vaste zône ensablée d'El-Oudje, dont l'étendue n'embrasse pas moins de 150 lieues, de Tunis à Goléa (¹), et elle se dirigea, par un léger crochet, sur le château bâti dans un bois de superbes palmiers. Le château, environné d'une enceinte en maçonnerie percée de meurtrières, n'avait pas l'aspect général des ksours (²) sahariens. Ceux-ci sont construits en pisé par des mains inhabiles et par d'ignorants architectes qui croient avoir satisfait à toutes les règles de l'art, lorsqu'ils ont élevé une maison capable de résister aux intempéries et à l'escalade d'un ennemi plus mal armé qu'entreprenant. Les pierres noires, employées à l'édifice, avaient été choisies avec soin, et il était aisé de se convaincre que l'œuvre des maçons avait été sur-

(¹) La largeur de cette zône immense varie de 35 à 80 lieues. La série de dunes qui la compose atteint, parfois, la hauteur de 80 à 100 mètres, et forme une succession de chaines parallèles rattachées, entre elles, par d'autres chaines transversales qui forment çà et là, des vallées de sables mesurant en largeur jusqu'à 7 et 8 kilomètres. (Bouderbah).

(²) *Ksour* pluriel de *ksar*.

II   9

veillée par un homme entendu, sinon en architecture, du moins aux notions essentielles du bien-être et de l'élégance. Mansour s'était fait bâtir une citadelle et une maison de plaisance tout à la fois. Quatre tours rondes flanquaient le corps de logis en le dominant, et de la terrasse, qui servait de toiture à l'étage unique de la maison, on pouvait passer dans les tours par d'étroites embrâsures faciles à défendre. Si l'extérieur du ksar ne ressemblait guère aux constructions chétives des ksours ordinaires; s'il fallait, pour arriver aux salles du rez-de-chaussée, franchir un large fossé sur un pont-levis d'assez bonne façon, défense accessoire inconnue des Sahariens, la disposition des appartements s'éloignait davantage encore des usages du pays. Slamia, les femmes employées à son service, et Mansour, logeaient dans le haut. Mansour était assez misérablement installé, mais Slamia vivait au sein du luxe, dans une sorte de bonbonnière où l'esprit le plus tendrement inventif avait entassé, en meubles, étoffes et tapis, ce que les marchands venus par les caravanes du Soudan, du Maroc, de l'Oued-Souf, de Tripoli, de Tunis et d'Alger pouvaient porter de plus précieux ou de plus coquet dans leurs bagages.

Une grande propreté, une propreté comparativement miraculeuse, devrions-nous dire, récréait la vue aux abords du château, dans la cœur qui le précédait, et jusque dans l'enceinte murée où logeaient les serviteurs de Mansour et leurs familles. On n'y voyait pas, comme dans tous les ksours du sud algérien, ces amas d'immondices que la paresse orientale laisse croupir et s'étendre jusqu'aux seuils habités. L'autorité d'un maître sévère et la vigilance délicate d'une fée obligeaient les esclaves et les tributaires à des soins journaliers, qui faisaient de ce coin délicieux une véritable oasis dans toute la fraîche acception du mot. Aussi, les pèlerins qui s'arrêtaient à Ksar-Djerid, charmés du bon accueil des hôtes, disaient-ils en les quittant:

— Vous nous avez reçus à Ksar-Djenoun et non à Ksar-Djerid, au château des Génies et non pas des Palmiers.

Trois puits abondants creusés dans une *daya* (¹) aux pieds des dunes, versaient, au prix de quelques efforts, une eau fécondante dans le val où quatre cents palmiers pleins de vie étaient arrosés, chaque jour, par des canaux habilement distribués. Il suffisait que, de trois en trois ans, la Providence fît éclater un gros orage sur la tête de ces palmiers, pour que la nappe d'eau souterraine reçût l'infiltration nécessaire à son entretien et à la prospérité de l'oasis. Les puits étaient protégés contre la sécheresse, les vents et les sables, par des haies d'azal, d'alcuda, de

(¹) *Daya,* bas-fond où séjournent les eaux pluviales.

9*

tamaris, de roseaux verts à larges feuilles et de diss vigoureux ([1]).

Ces haies formaient ceinture autour des puits, et, dans leur épaisseur profonde de six à huit mètres, on pouvait cueillir le drine et le hade dont Slamia faisait largesse à ses animaux favoris. Partout où passaient les rigoles, une végétation active courait sur le sable, et la fraîcheur entretenue dans ces parages bénis du ciel fertilisait jusqu'aux murailles du ksar, où s'efforçaient de grimper des plantes dont Slamia, dans ses jours de coquetterie, cueillait les fleurs pour ses cheveux.

Derrière le château, Slamia avait créé un jardin de courte étendue, mais cultivé avec tant de prédilection, qu'on y voyait la plupart des arbres fruitiers et des fleurs qui vivent en pleine terre dans les zônes labourables les plus voisines des régions du Tell. Par sage économie, Slamia n'avait pas complètement sacrifié l'utile à l'agréable, et le jardin-potager touchait au jardin d'agrément, à ce point que l'on pouvait passer de l'un dans l'autre, en suivant des berceaux de verdure, impénétrables au soleil, et comparés, pour leur ombrage salutaire, aux galeries touffues de Zaghanat, Ouargla et Golea.

Nous avons laissé Mansour et ses compa-

([1]) Le diss est une variété de jonc, l'azal une espèce de geuêt. Tous les puits, dans le Sahara sont abrités ainsi.

gnons en vue des palmiers de Ksar-Djerid, et
nous les rejoindrons au moment où, franchissant
par un talus, facile à combler en temps de guerre, la dune exposée au nord, ils abordaient le
mur d'enceinte du château. Les Touareghs marchant en tête de la caravane, s'arrêtèrent à quelques pas de la porte de la grande cour, et atten-
dirent la lance levée, que leur seigneur s'enga-
geât sur le pont. Mansour, suivi de Slamia, était
à peine arrivé dans la cour, qu'un jeune Arabe
vêtu de blanc et tête nue, se détacha du seuil
principal du ksar et vint, non pas en courant,
mais à grands pas, saisir l'étrier du maître. Tandis qu'il tenait cet étrier d'une main, de l'autre
il prenait le bord du burnous de Mansour et le
portait respectueusement à ses lèvres.

— Salut sur toi, ô mon bienfaiteur, que le
Dieu savant et sage remplisse ton cœur de prospérité, dit d'une voix douce et pure, ce jeune
homme que Mansour baisa au front dès qu'il eut
mis pied à terre.

— Sur toi soit le salut, Brahim, répondit
Mansour. Ta santé est-elle aussi bonne que je
le désire?

— Ta présence m'eût guéri ce soir si j'eusse été malade ce matin... Mais rassure-toi, je
me sens fort, heureux et courageux.

Le mehari de Slamia s'était lestement accrou-
pi pour laisser descendre sa maîtresse, et, pendant que Brahim et Mansour échangeaient les

mots que nous avons rapportés, la belle jeune
fille sauta légèrement sur le sable pour courir
à son père, titre que, jusqu'à ce qu'il plaise à
Dieu, nous laisserons dorénavant à l'implacable
ennemi d'Arnold et de Thérèse.

Ghrellab avait suivi d'un œil émerveillé les
gracieux mouvements de Slamia, et, sans songer
à quitter sa monture, il contemplait l'ange de la
lumière comme un aveugle, recouvrant la vue
par miracle, contemplerait l'azur céleste et les
splendeurs d'ici bas. C'est qu'en effet si Slamia
paraissait belle lorsque son mehari blanc la promenait comme en triomphe à travers les sables, n'était-elle pas plus belle encore lorsque,
faisant briller toute la richesse de sa taille, ef-
fleurant le sol d'un pied délicat et s'abandonnant à sa grâce naturelle, on la voyait ajouter
aux charmes indolents de la race orientale l'élé-
gante vivacité, la simplicité modeste et la distinc-
tion native des races perfectionnées de l'Occident.
Et, cependant que ne restait-il pas encore à apprendre à Ghrellab sur le compte de cette femme charmante! Il l'avait vue, il ne l'avait pas
entendue; il l'avait admirée, mais il ne l'avait pas
devinée et il allait l'étudier.

— Je vous amène un vieil ami, un hôte il-
lustre, dit Mansour à ses enfants;.. le désert est
plein de son nom, du bruit de ses exploits...
Vous ne vous souvenez peut-être pas de l'avoir
vu il y a cinq ans...

— Sidi-Ghrellab, interrompit Slamia, comme si elle eût voulu répondre à une interrogation de son père; j'ai bonne mémoire pour tes amis.

Ghrellab, se souvenant des conquêtes faciles de sa jeunesse dissipée, se trompa grossièrement sur la portée de cette courtoisie de langage, et en prit acte comme d'un encouragement que justifiaient, il faut le dire, sa très-grande réputation de bravoure, d'opulence et de générosité dans un pays où les femmes n'ont rien, absolument rien de la retenue de leur sexe en Europe. Il répondit à la jeune fille par quelques mots insignifiants, mais graves, selon qu'il convenait à sa dignité, il lui fit, de la tête, un petit signe protecteur et entra, sur les pas de Mansour, dans la grande salle des hôtes.

— Brahim, dit Mansour en se retournant, je compte sur toi pour que les chevaux que nous ramenons, le seigneur Ghrellab et moi, soient traités comme ils le méritent par leur noblesse. Je te charge de veiller à leur installation. Quant à toi, Slamia, je te livre les gens de notre suite: veille sur leur bien-être, et qu'aucun ventre n'ait à se plaindre... Allez, mes enfants.

Brahim et Slamia sortirent en se tenant par la main, pour s'acquitter de leurs devoirs.

— Eh quoi! dit la jeune fille à son frère, tu n'as pas reconnu le seigneur Ghrellab?

— Si je ne l'avais pas reconnu avec mes

yeux, je l'aurais deviné avec mon cœur, répondit Brahim.

— Pourquoi cela ?

— Parce que je le déteste, je le hais.

— Et la raison ?

— La raison ? balbutia Brahim pendant que ses joues pâles se teintaient de rouge, la raison, je n'en ai pas, je ne dois pas en avoir... je le hais... voilà tout.

— Cette raison, je vais te la dire, répliqua vivement la jeune fille, tu es un envieux, un jaloux, un méchant... N'est-ce pas que je suis vraie ?

Brahim avait accompagné d'un signe de tête affirmatif chacune des accusations formulées par sa sœur, et lorsqu'elle s'arrêta, il lui répondit :

— C'est cela, oui, je suis envieux, je suis jaloux, je suis méchant ; mais puisque tu me dis mes vérités, pourquoi t'arrêter à moitié chemin ? Je suis bien autre chose encore.

— Mon savoir ne va pas plus loin, reprit Slamia les yeux baissés. Pourquoi es-tu envieux ? demanda-t-elle en relevant brusquement la tête.

— Parce que je voudrais être brave, habile à la guerre, cavalier intrépide, trempé de fer et d'acier comme ce Ghrellab, le renommé.

— Pourquoi es-tu jaloux ? continua la jeune fille en réprimant un petit geste de dédain.

— Parce que ce Ghrellab et beaucoup d'autres, possèdent les qualités que je n'ai pas.

— A quoi leur servent-elles? poursuivit Slamia avec l'innocente audace de la candeur.

— A me rendre méchant! répondit Brahim
en baissant la voix: je hais ceux que je ne sais
pas et que je peux pas imiter, car, si je les imi-
tais, j'aurais de beaux récits à te faire, ma sœur,
et tu prendrais plaisir à m'écouter...

— Mon frère est menteur, interrompit Slamia
en riant.

— Non, le seigneur Mansour nous a enseigné
l'horreur du mensonge.

— Mon frère est menteur, recommença la
jeune fille, car il sait combien ses récits me font
plaisir.

— Oui, quand je parle chasses et combats,
ma sœur s'enivre de la gloire des autres, et elle
méprise le pauvre poète.

— La gloire du poète me séduit plus que
celle des héros. Que seraient les belles actions,
si la poésie ne les chantait pas? Ne me feras-
tu pas, ce soir, le récit que tu m'as promis depuis plusieurs jours?

— Ce soir! y pourrais-tu donc prendre
plaisir?

— Sans doute.

— Malgré la présence du seigneur Ghrellab?

— N'est-ce pas mon père qu'il est venu voir?
Que me fait sa présence? Il est notre hôte. Que
puis-je pour lui, hors du devoir?

— Slamia, ma sœur chérie, s'écria Brahim,

transporté de joie; non pas ce soir, car nous
serons jusqu'à demain les esclaves de l'hôte; mais
demain, sous le palmier qui porte ton nom et
près du bassin où viennent boire les tourterelles,
je te raconterai l'histoire de Messaouda l'héroïne.
Séparons-nous pour un moment; il faut obéir à
notre seigneur; je ne suis plus ni envieux, ni
jaloux, ni méchant, je suis Brahim, le favori du
Très-Haut qui a fait ton cœur et ta beauté; je
suis Brahim, l'heureux, le fortuné!

Slamia interrompit le poète en s'éloignant en
toute hâte, et elle se mit à fredonner un vieil
air dont Brahim, lui-même, avait coutume d'accompagner ses chants improvisés.

— Quand donc viendra le jour où je pourrai
lui dire... „Slamia, je ne suis pas ton frère!"
murmura Brahim; Dieu, roi du ciel, prends la
moitié de ma vie chétive, et rapproche ce jour
qu'appellent tous les cris de mon cœur, toutes
les larmes de mes yeux.

Au même instant, Slamia se disait:

— S'il savait, mon doux et chéri poète, que
je ne suis pas sa sœur, que je lui suis étrangère,
il ne m'aimerait peut-être plus autant. Dieu,
père des miracles, fais durer son erreur autant
que ma vie, si la vérité doit un jour changer
son cœur en me changeant à ses yeux!

XIV

Pendant que Brahim et Slamia obéissaient aux ordres de leur père, Mansour et Ghrellab s'engageaient dans une conversation dont il ne sera pas inutile de noter les traits principaux, attendu que le lecteur y saisira peut être l'indication des audacieux projets de Francis Klein.

— A la bonne heure! s'écria Ghrellab dès qu'il se vit seul avec son ami et en se laissant aller avec nonchalance sur une sorte de divan recouvert de riches tapis. Tu te relèves dans mon estime, cher baron, car tu as su te faire une existence de satrape dans cet affreux pays où l'homme ne serait rien, moins que rien, s'il ne commandait pas à la nature. Tu as fait pousser l'herbe, jaillir l'eau, naître et grandir les arbres, éclore les fleurs au sein des sables; tu as bâti un palais, tu as meublé ce palais en homme de goût, et tu seras très-probablement le civilisateur de cette contrée. Je te fais donc d'empressés compliments; mais, dis-le-moi sans détours, serais-tu las, par hasard, de notre vie sauvage, et voudrais-tu revenir à notre lointain passé?

— Moi, grand Dieu!

— Ah! le passé avait du bon, nous pouvons bien l'avouer entre nous.

— Regrettes-tu ta besace, ton bâton, ta barbe postiche et tes yeux hypocrites ?

— Ce temps-là avait du bon, et je serais ingrat si je niais quelques jouissances rencontrées sous mes haillons. Mais, avant la pauvreté, avant la misère, avant la mendicité et le... crime, j'étais l'un des heureux de la terre. J'avais beaucoup d'or et je savais m'en servir au gré de mes plus folles fantaisies... Je le répète, cher ami, ce temps m'a laissé d'aimables souvenirs, et aujourd'hui que me voilà riche comme un grand Romain de la bonne époque, je me demande s'il ne serait pas sage de retourner à Rome, c'est-à-dire à toutes ces petites choses du monde civilisé qui peuvent bien être, après tout, l'excellente monnaie du savoir-vivre.

— Je crois rêver en t'écoutant !

— Et moi je crois faire un rêve quand j'interroge les souvenirs de mes quinze dernières années.

— Pourquoi me tenir ces discours aujourd'hui plutôt que hier ?

— Eh ! par Hercule, c'est que, pour un homme d'imagination, rien ne doit, moins que la veille, ressembler au lendemain. Hier, je naviguais dans les sables, j'étais en plein Sahara. L'œil fait aux campements de nos Arabes, aux masures de ksours, et à la misérable indigence qui rôde fièrement dans notre empire, j'avais, en quelque sorte, oublié toute notion du bien-être européen. Aujourd'hui, tu me reçois dans un vé-

ritable château où la fée qui t'obéit a promené
sa merveilleuse baguette... il n'est donc pas
étrange, il est au moins pardonnable, que je me
reprenne, par caprice, à mes voluptés d'autrefois....

— Malheureux! s'écria Walter, ne vois-tu pas
un visage de femme dans la grossière transpa-
rence de ces voluptés maudites?

— Farceur! riposta Klein avec une franche
gaîté; la femme n'est-elle pas, soit au fond, soit
à la surface, de toutes les choses bonnes ou mau-
vaises de ce pauvre monde, et n'est-il pas croya-
ble que c'est parce que cet élément du bien et
du mal me manque...

— Que tu en arrives à le désirer? Pourquoi
donc, alors, songer au passé? Nos tribus ne sont-
elles pas peuplées, comme des villes, de femmes
que ton renom, la richesse, ton rang, ton prestige, te permettent de choisir?

— Par Vénus! je te trouve plaisant sur ce
chapitre. Fais-moi, par grâce, l'amitié de me dire
si c'est par simple entêtement que tu t'obstines
à cultiver la mémoire de ta belle cousine la baronne Thérèse d'Amstadt?

— On n'aime véritablement qu'une fois! répondit Walter en baissant la tête et avec trouble.

— Baliverne! mon cher, pure baliverne! On
aimerait cinq cents fois, et toujours avec une
sincérité parfaite, si cinq cents créatures nouvel-

les se voulaient donner la peine de nous séduire
à tour de rôle.

— Tu te condamnes toi-même; car, ici, les
fantaisies de ton cœur et de ton esprit ne sont
nullement disciplinées, et tu peux, grâce au prophète, ramasser partout tes distractions.

— Les ramasser, oui, le mot est juste; mais
les fruits ramassés ne tentent pas tous les appétits. Or, je te le demande, que sont les femmes dans ce pays?

— Ma Slamia...

— Je t'arrête; ta Slamia n'est ni Turque ni
Arabe, elle est et sera toujours, pour toi comme
pour moi, la belle Madeleine de Seelorf, et tu
n'as pas eu le pouvoir de la ravir à son origine.
Le soleil a doré son superbe visage; son âme a
été inondée des flots de cette grande poésie qui
règne au désert; elle n'en est devenue que plus
attrayante tout en conservant le type de sa race.

C'est à peine si je l'ai entendue parler; mais
le son de sa voix, la vivacité de sa physionomie,
l'éclair de son regard, l'élégance de son geste
m'ont fatalement rappelé la femme chrétienne,
la femme qu'a tant aimée ma jeunesse, que je
me suis pris à détester dans mes jours de colère
et de misanthropie, et que j'ai eu tort de fuir,
sans doute, puisque me voilà devenu rêveur au
seul aspect de cette jeune fille, image de l'idéal
dans un pays où l'amour n'a que des sens et
pas d'idées ....

— Ainsi, interrompit Walter, trop charmé des louanges données à Slamia pour pénétrer les intentions de Ghrellab, tu t'avoues fatigué de la vie nomade, et tu songes peut-être à repasser la mer? Ainsi tu veux rentrer en Europe, en Suisse, en Allemagne, dans ces contrées que tu quittas le cœur plein de haine, gros de rage et de douleur, et où tu retrouveras, sans doute, cette femme cause de toutes tes ruines, ces hommes qui t'apprirent à les mépriser et à te mépriser toi-même... Pauvre Catilina! je te plains! Tes fureurs amassées contre le genre humain se sont dissipées comme se dissipent, au pays de la Peur, ces nuages noirs amoncelés par de sèches tempêtes. Ils planent dans les airs, obscurcissent le soleil, s'ouvrent pour laisser passer deux ou trois sillons de foudre, et s'enfuient sans avoir versé une seule goutte de pluie. Seigneur Ghrellab, terreur des caravanes, noble cavalier, riche dominateur et fastueux sybarite, tu n'es en rien changé depuis quinze ans; tu es toujours le mendiant de la Treib. Seulement tu ne demandes plus l'aumône à tes amis, tu demandes la paix à tes ennemis.

— Par Mercure, fils de Jupiter, et dieu de l'éloquence, tu parles bien quand tu t'y mets, s'écria Ghrellab en réprimant un premier mouvement de mauvaise humeur. Toutefois, je t'engage à considérer que si je te parais faire fausse route en remontant vers mon passé, c'est toi qui

en es la cause. Voilà quinze ans que je cours
les sables, que je vis sous la tente, et que je
ne vois aucun des spectacles auxquels s'étaient
habitués les yeux de ma jeunesse. Tout-à-coup,
tu me transportes dans un palais où je rencontre
une jeune fille dont l'éclatante beauté fait honte,
sur la terre, au paradis de Mahomet. Cette femme
est chrétienne, elle vient du pays que j'ai, peut-
être à tort, abandonné, et me donne fantaisie de revenir sur mes pas. Quoi de plus naturel pour un
homme fantasque tel que moi! Aujourd'hui coupeur
de routes au désert, je serai, demain, s'il me plaît,
bourgeois de Paris ou de Pétersbourg. Que t'importe! Ton opiniâtreté est d'ailleurs pour moi
sans mérite. Tu t'es créé une existence splendide ornée d'une compagnie qui, puisque tu es
sans remords, a, pour toi, tous les charmes.
Tu as su trouver deux femmes dans cette jeune
fille violemment arrachée aux bras de sa mère.
Madeleine est le portrait vivant, quoique encore
embelli, de Thérèse d'Amstadt. Ta féroce pas-
sion pour la mère se rallume sans cesse dans la
contemplation de la fille, et, comme pour per-
pétuer l'illusion, tu vois Slamia dans Madeleine,
c'est-à-dire un être à la fois idéal et réel que
tu peux chérir à ton aise. C'est en vain que
tu t'es expatrié; ton foyer domestique n'est pas
au pays de la Peur, il est à Seelisberg. Tu es
en plein mirage, et le voile menteur qui fascine

ton regard ne se déchirera qu'une fois, mais, hélas! pour toujours, et à une heure terrible!

— De quelle heure parles-tu? demanda Walter qui, plongé jusque-là dans de sombres réflexions, ne put se défendre d'une vive inquiétude.

— Eh! mon Dieu, comptes-tu confisquer à tout jamais, à ton seul profit, ce trésor dérobé dans un moment de colère criminelle.

— J'ai élevé Slamia, j'en ai fait ma fille.

— Très-bien. Dans ce cas, puisque tu t'es fait son père, il faudra, et ceci devrait être, déjà, chose accomplie, lier la destinée de la fille à celle d'un homme qui, à son tour, te dérobera...

— Oh! oh! doucement, interrompit Walter, j'ai mes projets.

— Diavolo! s'écria Ghrellab en ricanant et cherchant à lire dans les yeux de son ami: Je n'avais pas songé à cela, moi qui crois tout prévoir... Tu comptes épouser ta petite-cousine Madeleine?... Ah! cher baron, tu es plus fort que je ne l'aurais imaginé.

Walter demeura impassible; puis un faible sourire flotta sur ses lèvres, et il baissa la tête sans répondre un seul mot.

— Eh bien! vrai, j'aime mieux cela, car la pensée de voir Mlle de Seelorf la proie d'un Arabe, fût-il riche comme je le suis et vaillant comme nous le sommes, m'inspirait grande pitié.

III   10

— Tu crois? demanda Walter avec une sorte d'ironie.

— En vérité; et puis, ce pays n'est plus à l'abri de l'invasion française. Si, comme on le dit, les pantalons rouges se maintiennent à Laghouat, la cause du chérif est perdue. Ksar-Djérid, où tu caches ton bonheur, sera visité par nos ennemis; et, à moins que tu ne fasses ta soumission, ce dont j'ai raison de douter, je ne sais trop où tu pourras fuir avec ta chère famille.

— Rassure-toi, le désert est vaste...

— Et Dieu est grand! interrompit Ghrellab. C'est égal, reprit-il, j'ai peur que, d'ici à quelques mois, le drapeau français venant à flotter dans nos oasis, tu te trouves réduit à ne pouvoir offrir à ta petite cousine, devenue baronne *in partibus*, que ton cœur et la belle étoile. Les affaires du prophète vont fort mal depuis quelque temps, et il est possible que, par précaution, je me fasse un nid quelque part pour mes vieux jours...

— A ton aise, mais silence sur ce sujet; voici les enfants qui reviennent.

— A l'œuvre! se dit Ghrellab en voyant Slamia et Brahim entrer dans la salle et se tenant par la main.

— Eh bien! enfants, demanda Mansour, tous les ordres sont-ils donnés? fera-t-on fête à mes hôtes?

— Oui, père, répondit vivement Slamia.

— Oui, Seigneur, ajouta Brahim avec la
cérémonie respectueuse dont les jeunes Arabes ne s'écartent jamais à l'égard du chef de
la famille. Slamia vint s'asseoir aux pieds de
Mansour, s'accouda sur lui dans une pose nonchalante, et regarda paisiblement Ghrellab, qui
ne put pas affronter l'éclatante lumière de ses
beaux yeux. C'est qu'en effet il y avait dans le
regard de la belle jeune fille comme une profonde
interrogation de l'âme, interrogation curieuse et
naïve à la fois, que la conscience troublée du
bandit devinait et ne voulait point paraître avoir
devinée. On eût dit que, frappée d'une révélation
divine, en présence du bourreau de sa mère, la
fille de Thérèse reconnaissait vaguement un ennemi mortel dans ce personnage assis, par hasard,
à son foyer. Il est de ces visages dont on se
défie par instinct, sans qu'ils aient rien de sinistre.
Il y a nombre de dangers dont nous écarte cette
voix intérieure que la foi reconnaît pour le bon
ange, et qui n'est que pressentiment pour l'incrédule.

Ghrellab comprit qu'il fallait se soustraire à
cet examen par une diversion.

— Voilà de bien belles armes, dit-il d'une
voix parfaitement assurée, en regardant de superbes trophées appendus aux quatre murs de la
salle des hôtes, trophées où se trouvaient mêlés,
avec symétrie, les différents modèles des armes
orientales anciennes et modernes, depuis le long
fusil orné de riches capucines, le bouclier et le

10*

sabre courbe, jusqu'à l'humble couteau du Touaregh ; mais, ajouta-t-il, je regrette que tu te sois
écarté, ici comme dans la distribution de tes appartements, de la coutume des vieux Romains.
Ces grands maîtres de l'art et du goût se gar-
daient bien d'effrayer ou d'attrister les yeux de
leurs amis conviés au plaisir, par l'exposition de
leurs engins guerriers et meurtriers. Leurs maisons avaient des salles destinées à recevoir, comme
décoration, les emblèmes appropriés à chaque
usage. Ainsi,.. mais voilà le souper. dit Ghrellab en s'interrompant et remarquant que Slamia
lui prêtait une oreille attentive autant qu'éton-
née : — soupons puisqu'il en est temps et que
tes serviteurs nous arrivent chargés de mets ap-
pétissants... Je reprendrai, à la fin du repas,
ma dissertation sur les maisons romaines, car
elle paraît intéresser tes chers enfants.

Mansour fronçait le sourcil depuis que son
hôte avait commencé son étrange discours.

— Que nous raconte-t-il donc ? demanda
Slamia à son frère Brahim, et de quels gens
parle-t-il ? Toi qui sais tant de choses, réponds.

— Je ne suis qu'un pauvre poète ignorant,
ma sœur ; Sidi Ghrellab est un oracle, et nous
ne pouvons, toi et moi, que beaucoup apprendre
en l'écoutant.

Slamia se retourna lentement vers Francis
Klein et le regarda cette fois avec un intérêt où

la curiosité se rapprochait plus de l'admiration
que de la crainte.

XV

Le repas fut digne de l'hospitalité renommée
du seigneur de Ksar-Djerid. S'éloignant de la
coutume arabe pour imiter les Kabyles et les
nomades dans le relâchement de la sévérité paternelle, Mansour autorisait Brahim et Slamia à
manger, non seulement en sa présence, mais encore à ses côtés. Ghrellab se montra de bel
appétit, seul éloge que sa dignité lui permettait
de faire à l'endroit d'une cuisine qu'il estimait
médiocrement, en sa qualité de gourmet sensuel
et voluptueux.

— Je reprends mon discours, dit-il après
avoir saisi dans les yeux de Brahim et de Slamia le désir de l'entendre parler: l'histoire de
l'homme et de l'art est chose si merveilleusement
attrayante, que je tiens pour misérable quiconque
refuse l'occasion de s'instruire.

Gêné par ce début, mais curieux, lui aussi,
de voir où son hôte en voulait venir, Mansour
prit le parti d'écouter.

— J'aime à croire que nos chers enfants d'Al-

lah, commença hypocritement Ghrellab, seront
un jour les dominateurs de la terre comme l'ont
été les Romains, qui ont couvert l'Afrique des
témoignages de leur puissance. Jusqu'à présent,
nous n'avons de commun avec ce grand peuple
à son premier âge, que les cabanes décorées du
nom de *ksours* qu'habitent, dans ces régions, les
chefs de l'islam. Ton château, mon hôte, fait
exception par son semblant de magnificence, et
me fournit précisément, à cause du luxe que
j'y vois régner, le sujet d'une courte dissertation.

— Où va-t-il arriver? se demanda Mansour
intrigué de plus en plus.

Slamia et Brahim étaient tout oreilles; Slamia, surtout, écoutait avec avidité un langage si
nouveau pour elle.

— Les Romains, reprit Ghrellab, avaient
deux sortes d'habitations: la maison de ville et
la maison des champs.

Et partant de là, l'imperturbable conteur entra dans les détails les plus techniques sur l'architecture des anciens maîtres du monde. Ce fut
un récit digne d'un professeur d'archéologie.

Enfin il s'arrêta, satisfait de voir que la curiosité de Slamia allait jusqu'à l'étonnement.

— Si j'en ai dit assez sur le compte des
Romains, je ne dois pas perdre de vue le but
de ce trop long discours, et je m'explique. Ton
ksar, ton oasis, ta maison des champs, si émer-
veillés qu'en soient nos pèlerins et les nomades,

ne me contente que médiocrement. Ton intérieur est riche, mais il n'a pas de style; il est
lourd et incorrect. Tu avais le désert pour ves-
tibule, et tu n'en as pas tiré parti. Tu as co-
pié les Romains sans tenir compte du raffinement
de l'art, et c'est là une grosse erreur pour un
homme de ta naissance et de ton importance,
qui devrait inspirer le goût des belles choses
aux apprentis de notre intelligente et brave nation... Ne t'impatiente pas, écoute-moi jusqu'au
bout, car je vais bientôt me taire. Je ne sais
pas ce que sont tes jardins; demain je les verrai,
et je m'attends à les admirer, car ta fille a dû
leur donner des soins délicats, et les femmes s'en-
tendent mieux que nous à distribuer les arbustes
et les fleurs qui appellent les oiseaux et les a-
beilles; mais, si tu veux m'en croire, réforme ton
installation intérieure, fais disparaître, pour les
placer ailleurs, ces trophées menaçants qui déco-
rent la salle des hôtes. Ici tu ne peux recevoir
que des amis auxquels il faut montrer, non pas
les attributs de la guerre et des discordes, mais
d'attrayantes images. Ainsi, pourquoi ne pas
t'entourer des portraits de tes ancêtres? Oh! je
devine ta réponse : la peinture est dédaignée dans
ce pays. Non, elle n'est pas dédaignée, elle est
inconnue. Mais tu es puissamment riche, tu peux
te procurer à l'étranger des tableaux représentant les hauts faits de tes aïeux...

— Assez, interrompit violemment Mansour

qui sentait ses joues s'enflammer. C'est abuser
de la naïveté de ces enfants au-delà de toute
permission. Ils ont écouté ton bavardage avec
plus d'étonnement que d'intérêt, et sans y avoir
saisi, pas plus que moi, grâce à Dieu, un seul
mot raisonnable. Nous sommes des gens heureux, vivant loin des efféminés du pays de la
science et des arts, et notre ignorance nous pro-
tège contre les vices de l'orgueil qui s'oublie jusqu'à lutter contre le Très-Haut, à force de vouloir étudier et pénétrer les secrets de la nature. Je t'ai reçu, non pas en ta qualité de
savant, mais au nom de l'Islam dont tu es devenu l'un des plus valeureux champions. Veuille
te souvenir, dorénavant, que j'interdis chez moi
le murmure inutile, s'il n'était dangereux, de ces
paroles vides de sens, capables, tout au plus, de
troubler et d'exalter de jeunes têtes où rien ne
doit germer qui ne soit à la simple et pure
glorification du Seigneur.

Brahim, ajouta Mansour d'une voix radoucie:
— Conduis le seigneur Ghrellab à la chambre
qui est lui préparée. — Le salut soit sur toi, Ghrellab.

— Sur toi soit le salut, répondit Francis.
Je suis désespéré de l'avoir déplu en cherchant
à te plaire.

Brahim, obéissant à son père, conduisit Ghrellab dans une pièce voisine de la salle des hôtes.
Le nègre Debbah était déjà installé dans un coin
de cette chabmre, où il attendait son maître.

— As-tu des ordres à me donner, Seigneur ? demanda Brahim.

— Non, mon fils... à demain.

Brahim s'avança vers la porte ; puis, revenant sur ses pas, il dit d'une voix caressante qu'accompagnait un doux regard :

— Où donc as-tu appris toutes ces choses que tu nous a racontées, et d'où te vient l'art de si bien parler ?

— J'ai tout appris dans le livre de l'histoire...

— L'histoire..... qu'est que c'est que l'histoire ?

— Un beau livre où sont inscrites les plus grandes actions des hommes de tous les pays, depuis que Dieu a séparé les ténèbres de la lumière.

— Ne puis-je pas lire dans ce livre ? Comment faire pour me le procurer.

— Ton père n'a-t-il pas condamné mes récits ?

— C'est vrai, mais quoiqu'il soit bien mal de désobéir à son seigneur, je serai sans doute excusable, car je ne suis pas un homme, moi...

— Tu n'es pas un homme ! qu'es-tu donc ?...

— Je serai toujours un enfant, puisque Dieu m'a refusé, non pas le courage mais la force, puisque je ne pourrai jamais monter, soit un cheval de combat, soit sur le dos d'un mehari, puisque je dois me borner, sur la terre, à réciter, composer et chanter des vers en l'honneur des guerriers. Je suis un pauvre poète, un goûal, rien de plus, et pour ma vie entière. Veux-tu m'apprendre les belles choses de l'histoire?

— Je croyais avoir fatigué, ce soir, l'esprit de Slamia et le tien...

— Oh! non, l'esprit de Slamia, surtout, était charmé.

— Qui t'a dit cela?

— Je m'en suis bien aperçu, répondit le jeune homme en rougissant et en courbant le front pour cacher sa rougeur; Slamia t'enveloppait tout entier de son regard, ajouta-t-il: .

— Oh! oh! pensa Ghrellab, il me semble que, par hasard, me voici sur la piste d'un secret. — Et tu serais heureux, sans doute, dit-il en souriant, de pouvoir raconter à ta sœur des choses d'un autre temps, d'autres pays?

— Oui, oui, mais je voudrais aussi apprendre à les dire comme toi.

— Tu l'aimes donc bien, ta sœur?

— Plus que tu n'aimes la guerre, la richesse, la renommée.

— C'est beaucoup tout cela, mon enfant, et une telle tendresse ressemble à de l'amour. Or, le prophète a écrit dans le Koran: „*Il vous est interdit d'épouser vos mères, vos filles, vos sœurs, vos tantes, vos nièces, vos nourrices, vos sœurs de lait...*"

— Je sais le Koran mot à mot, interrompit Brahim.

— Eh bien! Slamia n'est-elle pas fille de ton père?

— Qui en pourrait douter? répondit l'enfant avec une vivacité à laquelle il sembla mêler plus d'orgueil que de regret. Puis, il ajouta : Parce que Slamia ne doit m'inspirer que de la tendresse, dois-je négliger les occasions de lui plaire et de la réjouir?

— Non sans doute, mon fils; aussi, malgré la défense de ton père, et pourvu que tu sois prudent, je m'appliquerai à te donner quelques-unes des leçons que tu désires.

— Merci, noble seigneur.

— Slamia est donc comme toutes les femmes arabes, profondément ignorante des choses qui ne touchent ni à la famille, ni à la maison?

— Pourquoi voudrais-tu qu'on l'eût élevée autrement que ses compagnes? Elle est complètement illettrée, mais son beau front emprisonne son génie, comme son sexe enchaîne son courage. Elle a l'imagination d'un grand poète, et le vaillant cœur d'un grand guerrier.

Ghrellab, satisfait de l'interrogatoire qu'il venait de faire subir au fils de Mansour, le congédia d'une geste affectueux, et, sans dire un mot à son nègre Debhah, il se jeta sur les tapis qu'on lui avait préparés pour la nuit.

— Mystère que tout ceci, pensa-t-il. Cet enfant en sait probablement plus long qu'il ne veut dire, et Walter pourrait bien nourrir un projet dont le calcul m'avait échappé jusqu'ici.

— Veux-tu que j'éteigne cette lumière qui agite ton sommeil ? demanda le mekatib.

— Ah! tu étais là, Debbah.

— Oui, maître, mon devoir n'est-il pas ici, comme partout, de coucher à tes pieds?

— Ton heure approche, Debbah.

— Quelle heure, maître?

— Celle où le mekatib sera libre comme l'oiseau dans les airs.

— Ton ennemi mortel est donc dans ces parages?

— Aiguise les griffes, tigre du Zendj, et laisse-moi dormir. Mon ennemi mortel, c'est peut-être moi-même! Dans ce cas, sois-en sûr, je te commanderais de m'égorger.

— Et je le ferais, répondit le nègre avec un flegme dont Ghrellab se fût inquiété, s'il avait pu s'épouvanter, ou même s'étonner, de quelque danger.

Cet homme étrange dormit, paisiblement, jusqu'à l'aurore.

Mansour n'avait pas joui du même repos que son hôte. La nuit, au contraire, avait été pour lui pleine d'agitation, et il s'était appliqué, durant son insomnie, à deviner la véritable portée de la singulière boutade de Francis Klein s'érigeant en professeur d'histoire romaine en plein désert

africain, comme s'il se fût trouvé à Heidelberg,
en bonnet carré, devant un auditoire d'étudians.

— J'ai tort sans doute de tant chercher le
pourquoi de cette algarade, pensait-il. Francis
est un homme léger par excellence, et son amour
des classiques se révèle inopinément par des
pointes de folie. Le plaisant Catilina que j'ai
rencontré sous des haillons, près de Seelisberg,
ressemble fort à l'antiquaire que je loge ce soir
dans le voisinage du pays de la Peur. Oui, mais
ce bavardage saugrenu a fait une impression
fâcheuse sur l'esprit de Slamia. Elle est si intelligente, ma chère belle Slamia, mon trésor, ma
merveille! Comme son désir de comprendre et
d'apprendre perçait dans la vive lumière de ses
beaux yeux! Ne sera-t-elle pas heureuse, après
tout, du sort que je lui destine?... Ah! Francis,
bandit aux vues étroites, tu crois que je médite
d'infamie d'épouser Madeleine! Tu n'as donc rien
compris à mes fureurs? Je me suis montré féroce
mais non pas lâche, et, s'il devait être au pouvoir d'une femme de me faire oublier Thérèse,
jamais Madeleine n'y parviendrait. L'énormité de
mon crime est son excuse. J'étais fou quand
j'ai ravi cette jeune enfant à sa mère, et comme le ciel punit tous les forfaits, mon châtiment
est tout entier dans ce mélange d'amour pour
Slamia devenue ma fille, et de haine insurmon-
table pour Thérèse. L'amour l'emporte, et c'est
pourquoi je garde ma victime. Si je la rendais

au sein maternel, l'éducation que je lui ai donnée
ferait son malheur à tout jamais, tandis qu'en
restant dans ce pays où elle croira toujours
être née, elle aura le bonheur des plus heureuses
en partage. Elle aime mon fils Brahim, je l'ai
deviné avec joie; elle lui appartiendra. Je les
unirai lorsque Brahim aura l'âge d'un homme.
A moi le soin d'expliquer toute chose de manière
à démentir cette parenté fictive, que ma prudence
a établie, jusqu'à ce jour, entre ces deux chers
enfants... Mais pourquoi la présence de Francis
me trouble-t-elle à ce point? Aujourd'hui, son visage avait comme une empreinte de la fatalité,
son regard prenait des tons sinistres... Ah! malheur à lui, s'il s'avise, même innocemment, de
contrarier mes desseins... malheur à lui!

Walter passa presque toute la nuit dans ces
pensées, il faisait jour depuis longtemps lorsqu'il
sortit de sa chambre pour rendre visite à son
hôte.

Slamia et Brahim ne s'étaient, eux aussi, en-
dormis que fort tard, et dans la mutuelle impatience de se retrouver le lendemain pour s'inter-
roger sur le compte de Ghrellab.

Slamia s'éveillait d'habitude au premier chant
de ses oiseaux, et ces oiseaux chantaient au jardin, car la jeune fille aimait trop la liberté pour
avoir jamais songé à emprisonner, dans des ca-
ges ou des volières, les gracieux compagnons de
ses meilleurs loisirs. C'était au jardin, au lim-

pide courant d'une rigole baignant le pied d'un betoum géant que Slamia venait le matin faire sa prière et ses ablutions. Brahim connaissait l'heure de ce pieux exercice, et il lui arrivait souvent de se prosterner avec sa sœur, en face du soleil levant, pour prier avec elle. Slamia n'interrompait pas ses dévotions, lorsque Brahim la surprenait, et les fronts des deux beaux enfants frappaient à la fois la terre, pendant que, d'un même cœur, tous deux demandaient au ciel, l'un pour l'autre, la paix et le bonheur ici-bas.

Le lendemain du retour de Mansour et de ses hôtes, Slamia descendit au jardin plus tôt que de coutume, et s'y promena, pendant quelque temps, distraite et rêveuse à ce point qu'elle semblait avoir oublié les fauves tourterelles qui, dressées à recevoir de ses mains leur premier repas, la suivaient sur le sable ou voltigeaient autour d'elle. Brahim n'était pas loin, car il épiait la jeune fille. Il fit un léger détour et se présenta brusquement.

— Ma sœur est chagrine? dit-il.

— Moi, répondit Slamia d'un air enjoué, pourquoi serai-je chagrine? Ma pensée cherchait quelque chose que tu lui apportes sans doute, puisque me voilà contente de t'avoir rencontré. Faisons la prière et puis nous causerons.

— Eh bien! demanda Slamia lorsqu'elle eut fini de prier, que penses-tu de tout ce que nous a dit, hier, le seigneur Ghrellab? Pourquoi, toi qui sais tant de belles choses, ne m'as-tu jamais parlé de ces temps anciens où les hommes construisaient de si riches et de si vastes maisons, que le ksar de notre père ressemblerait, à une cabane si on le comparait.

— J'ai donc deviné, Slamia; l'attrait de la nouveauté t'a séduite... Tu n'écouteras plus avec intérêt les récits de ton frère; et tu leur préféreras toujours la voix de l'étranger dont le charme ne cessera pas de murmurer à ton oreille et dans ton cœur!

— Qui t'a donné le droit de me si mal juger?

— Mon ignorance. Je suis, comme toi, un enfant du désert, je ne sais lire que dans le grand livre de la nature, et ce qu'ont fait les hommes dont les os sont en poussière, nul ne m'en a parlé.

FIN DU TOME TROISIÈME.

Naumbourg, imprimerie de G. Pætz.

LA BIBLIOTHÈQUE CHOISIE

Collection des meilleurs romans français
Format in-16. à 10 Ngr. ou 1 fr. 25 c. le vol.

contient:

LA BIBLIOTHÈQUE CHOISIE

Collection des meilleurs romans français
Format in-16. à 10 Ngr. ou 1 fr. 25 c. le vol.

contient :

www.ingramcontent.com/pod-product-compliance
Lightning Source LLC
Chambersburg PA
CBHW070909030726
47504CB00005B/1509